İSTANBUL KIZI

MUSTAFA YILMAZKAYA

HİKMET NEŞRİYAT
SAN. VE TİC. LTD.
Sümer Mah. 24. Sokak No. 13
Zeytinburnu - İSTANBUL
Tel: (0212) 415 22 41 - 415 22 42
Faks: (0212) 415 33 35

İSTANBUL KIZI

Yaz tatiline bir hafta kalmıştı. Bir süredir devam eden halsizlik, iştahsızlık ve durgunluğum iyice artmıştı. O oturmak bilmeyen Zeynep'in yerini; durgun, oturduğu yerden kalkmak istemeyen, oyundan kaçan, aldığı lokmanın ağzında çoğaldığı bir başka Zeynep almıştı sanki... Kimseyle konuşmak istemiyordum. Otururken, uykunun pençesinden kurtulamıyordum.

Annem ve babam:

— Zeynep, kızım hasta mısın yoksa? Ekmekten aştan kesildin, diye sorduklarında, okuldan geri kalmamak için:

— Hayır, hasta değilim, diyordum.

— Neden yemek yemiyorsun peki? diye sordukları zaman da:

— Canım istemiyor, yanıtını veriyordum.

O gün öğretmen, arkadaşlara tatilde neler yapacaklarını soruyordu. Herkes tatilde nerelere gideceğini anlatıyordu. Benden başka herkes şen şakraktı. Anlatılanlara kahkahalarla gülüyorlardı. Ben, anlatılanları dinlemek için kendimi ne kadar zorlasam da, dinleyemiyordum bir türlü. Daha doğrusu uykudan gözlerimi açamıyordum. Ara sıra da, kötü kötü öksürüyordum. Böyle öksürdüğüm bir anda, sıra bana gelmiş olacak ki, öğretmenim:

— Zeynep, dedi. Sen tatilde neler yapacaksın?

Ben üzüntülü bir sesle:

— Bilmiyorum öğretmenim, dedim.

Öğretmen, arkadaşlara ertesi gün için ödev verdikten sonra, beni yanına çağırdı.

— Senin neyin var kızım? Belki bir aydır, sende bir başkalık var sanki. Yoksa hasta mısın? diye sordu.

— Hasta değilim öğretmenim. Üzerimde bir halsizlik var. Oturduğum yerden kalkmak istemiyorum. Birden ağır bir uyku bastırıyor. Hep yatıp uyumak istiyorum...

Durumumla ilgili konuşmamız bir hayli sürdü. Konuşmanın sonunda öğretmenim:

— Yarın annenle birlikte gel okula, dedi.

Ertesi gün annemle birlikte gittim okula. Annem çok üzüntülü görünüyordu. Öğretmenle dün yaptığımız konuşmayı anlatmıştım kendisine.

Ben sıramda otururken, annemle öğretmenim epey bir zaman konuştular. Annemin üzüntüsünün, öğretmenimle konuştukça arttığını görüyordum... Birinci dersin sonunda annem:

— Haydi çantanı al. Eve gideceğiz kızım, dedi.

— Hayır anne, ben gelmiyorum, dedim.

— Öğretmenin izin veriyor ama...

O sırada öğretmenim geldi yanımıza:

— Senin dinlenmeye ihtiyacın var Zeynep. Eve git de biraz dinlen, dedi. Ondan sonra, annen seni doktora götürecek. Sakın gitmemezlik etme, tamam mı?

— Ben hasta mıyım öğretmenim? diye sordum korkuyla.

— Hayır, hasta falan değilsin. Sakın korkma. Halsizim, iştahsızım diyorsun ya. Onun için gideceksiniz doktora. Doktor bunların nedenini bilir. Gereken ilaçları vererek, önceki durumuna kavuşmanı sağlar. O zaman, bu şikayetlerinin hiçbiri üzerinde kalmaz.

— Siz istedikten sonra, giderim öğretmenim, dedim.

Öğretmenim yanaklarımdan öptü.

— Doktor, okula gelmene izin vermezse, sakın üzülme. Dört gün sonra tatile gireceğiz nasıl olsa. Okulu ve karneni hiç merak etme. Çünkü ilkokulu pekiyi ile bitirdin. Sen bu durumdan kurtulmaya bak bir an önce. Ortaokula daha sağlıklı, daha dinç başlamalısın.

— Öğretmenim bir şey sorabilir miyim, dedim.

— Sor yavrum, dedi.

— Doktor Bey, okula gelmeme izin vermezse, arkadaşlarımı bir daha göremem! İzin verirseniz, onlara; Allahaısmarladık arkadaşlar, hoşçakalın! demek istiyorum, dedim.

— Elbette yavrum, dedi ve sınıfa dönerek:

— Çocuklar, Zeynep size bir şeyler söyleyecek, diye seslendi.

Arkadaşlarım merak içinde bana bakıyor, söyleyeceklerimi bekliyorlardı. Ben heyecanlı ve ağlamaklı bir sesle:

— Arkadaşlar, ben doktora muayene olmaya gideceğim. Doktor, okula gelmeme izin vermeyebilir. Bunun için şimdiden hepinize Allahaısmarladık diyorum. Hoşçakalın!...

— Güle güle Zeynep! Güle güle!... sözleri sınıfta yankılar yaptı...

Arkadaşlarımın sözleri, beni çok etkiledi. Az kalsın ağlayacaktım. Üzüntüyle çantamı sıranın gözünden alıp, sallanarak ayağa kalktım. Annem elimden tuttu. Sanki ayaklarım ileri değil de, geri geri gidiyorlardı. Sınıftan çıkarken duyduğum üzüntüyü anlatamam. Kapıdan çıkarken, arkadaşlarıma el salladım. Onlar da bana karşılık verdiler. Öğretmenim de el sallıyordu...

* * *

Akşama doğru, babam ve annemle birlikte, tanıdık bir doktorun muayenehanesine gittik. Yol boyunca, düşünüyor ve "acaba hasta mıyım?" diye korkuyordum. Doktor bizi çok iyi karşıladı. Yanaklarımı okşadı ve ümit verici sözler söyledi bana. Doktorun sıcak ilgisini görünce, korkum da, heyecanım da azaldı.

Doktor, muayenesini bitirdiği bir hastasını yolcu ettikten sonra, üçümüzü birlikte muayene odasına çağırdı. Beni muayene masasının üzerine oturttu. Korkmamamı ve sorduklarına hiç çekinmeden yanıt vermemi söyledi.

Benimle bir hayli konuştu. Sorularını korkmadan yanıtladım. Yeri geldikçe, annemle babamla da konuştu. Sonra elleriyle karnımın çeşitli yerlerine bastırıp; "Acıyor mu?" diye tekrar tekrar sordu. Vücudumun herhangi bir yerinde ağrı hissetmediğim için; "Hayır, acımıyor," dedim.

Elindeki dinleme aletini, göğsüme, sırtımın çeşitli yerlerine koyarak, derin nefes almamı söyledi. Sonunda:

— Korkulacak bir şey yok. Öyle anlaşılıyor ki, akciğerlerinde biraz zayıflama var. Şimdi röntgenini çekersek, röntgende durumu daha iyi anlaşılır, dedi.

Giysimin üst tarafını çıkarttırıp beni röntgene soktu. Göğsümü, gösterdiği tablaya iyice yapıştırmamı söyledi. Sonra annemle babamı çağırarak aynadaki akciğerimin görüntüsünü gösterdi. Onlara:

— Gördüğünüz gibi, akciğerlerinde hafif duman var, dedi.

Böylece röntgen işi de bitti. Doktor Bey:

— Tam zamanında gelmişsiniz. Tedavisi fazla sürmez. Öyle zannediyorum ki, bu tatil döneminde iyileşir. Yalnız bol besinle temiz havaya ihtiyacı var. Beslenmeyi siz halledersiniz ama, temiz hava almasını nasıl sağlarsınız? diye sordu.

Annemle babam biraz düşündüler. Babam üzüntülü bir sesle:

— Bilemiyorum! Fazla olanağımız yok ki, istediğimiz gibi hareket edelim, dedi.

— Anadolu'da hiç tanıdığınız yok mu?

— Var, dedi annem. Ağabeyim var ama, aramız iyi değil.

— Aranızda kötü bir olay mı geçti?

— Hayır, dedi babam. Sadece hanımı bana vermek istememişlerdi zamanında. Hanım beni tercih edince de, çok kızdılar. O zamandan beridir aramız pek iyi değil.

— Bakın, siz yanlış düşünüyorsunuz, dedi doktor. Anadolu insanı misafirperverdir. Hem arada bir de hastalık var şimdi. Sizi çok iyi karşılayacaklarına eminim.

— Belki, dedi babam.

— Kayınbiraderinizin mali durumları nasıl? Bahsettiğiniz yerin havası iyi mi?

— Köyün havası ve suyu çok iyi. Ağabeyim ise köyün en varlıklı kişilerinden biridir, dedi annem.

— Daha ne güne duruyorsunuz? Tam sizin aradığınız bir yer!... Hemen karar verip harekete geçmelisiniz.

Annem de babam da düşünceli ayrıldılar

doktordan. Doktor Bey arkamızdan:

— Sakın ihmalkarlık etmeyin. Kızınızı düşünüyorsanız, bu ziyareti gerçekleştirin. Sonra pişman olursunuz. Son pişmanlık ise fayda vermez, diye uyardı. Verdiğim reçetedeki ilaçları hemen alıp tedaviye başlayın!...

Eve gelene dek, hemen hemen hiç konuşmadık. Annem de babam da, çok düşünceliydiler. "Böyle bir istekte bulunsak, bizi köyde nasıl karşılarlar acaba?" diye düşünüyorlardı herhalde... Suskunlukları evde de devam etti. Her ikisi de, konuyu açmaya cesaret edemiyordu. Ben:

— Anne, doktor beyin söylediklerini duydunuz. Ne yapacaksanız yapın da, beni köye götürün, dedim.

— Üzülme, senin korkulacak bir şeyin yok kızım, dedi babam.

— Peki baba, doktor beyin söyledikleri yalan mı, diye sordum.

— Yalan değil ama, hastalık başlamadan önüne geçilsin istiyor.

— Ben de onun için acele edin diyorum ya!...

Annem ağlamaklı bir sesle babama:

— Ağabeyime bir mektup yazsak, nasıl

olur? diye sordu.

— Mektubu senin ağzından yazalım, dedi babam.

Olurdu olmazdı derken, konuşmalar bir hayli uzadı. Nihayet sabrım tükendi.

— Mektubun, köye gitmesi ve haberin gelmesi kaç gün sürer? diye sordum.

— On onbeş gün sürer, dedi babam.

— Belki daha fazla sürer. En iyisi telgraf çekelim..

— Telgrafla dileğimizi onlara anlatamayız kızım, dedi annem.

— Peki telefon etme olanağımız yok mu?

— Köyde telefon yok ki, telefon edelim.

— Kasabada hiç tanıdığınız yok mu peki? Varsa, ona telefon edip, haberi köye ulaştırması için ricada bulunun.

— İşte bu olabilir, dedi babam. Asker arkadaşım Fevzilerin dükkânında telefon var. Ona telefon edeyim. O da köye haber göndersin.

— Peki telefonda ne diyeceksin? diye sordu annem.

— Fevzi'ye, köye gidip kayınbiraderime şunları iletmesini söyleyeceğim: "Yeğenin Zeynep hastalanmış. Doktorlar, iyileşmesi için temiz hava ve iyi bir bakım gerektiğini söylemişler. Bunun için de, Zeynep'i İstanbul dışında, iyileşebileceği temiz havalı bir yere götürmeniz gerekiyor. Eğer razı olursanız, köye getirmek istiyoruz." Ayrıca Fevzi'ye, kayınbiraderimin cevabını, olumlu veya olumsuz, bana bildirmesini söylerim. Böylece iyi veya kötü bir haber almış oluruz...

— Dayım, 'hayır gelmeyin' der mi acaba anne? diye sordum.

— Memleketten gelenlerin anlattıklarına göre; dayın seni görmeyi çok istiyormuş. Belki bizim için "gelmeyin!" diyebilir, ama senin için demez gibime geliyor.

— Peki, kabul ederse, ben kiminle giderim?

— O, kabul etsin de, gerisi kolay. Annenle ikiniz gidersiniz. Ben de iznim çıkınca gelirim, dedi babam.

Son bir aydır, belki de ilk defa bu kadar seviniyordum. O sevinçle:

— Çok iyi olur, değil mi anne? diye sordum.

— Elbette iyi olur kızım. İnşaallah dayın, "gelin" der de, hemen trene binip gideriz. Şimdi tam mevsimi. Her taraf yemyeşildir. Sütün, yoğurdun, kaymağın, peynirin bol olduğu bir mevsimdeyiz...

Ertesi gün babam, akşamleyin eve iyi bir haberle geldi. Telefona arkadaşı çıkmış. "Siz hiç merak etmeyin. Bugün haber gönderirim. Haber gönderecek kimseyi bulamazsam, ben kendim gider, Muharrem Efendi'nin konuğu olurum. Öbür gün onu da, kasabaya getirir ve bizim dükkândan sana telefon ettiririm. Benim çok iyi bilip tanıdığım Muharrem Efendi, 'hayır' demez. Mutlaka kabul edecektir" demiş arkadaşı.

— Keşke kendisi gitse köye, dedi annem.

— Gitse de gitmese de, en geç iki gün içinde, bana telefon edeceğini söyledi.

— İnşaallah daha önce telefon eder, dedim ben.

O iki gün çok zor geçti benim için. İkinci günün akşam üzeriydi. Annem mutfaktaydı. Ben yatak odasında uzanmış, dayımla ilgili hayaller kuruyordum. Birden kapının zilinin çalındığını duydum. Annemin gidip kapıyı açtığını anladım. Kapı açılınca, babamın: "Müjde hanım!" dediğini duydum. Hemen fırlayıp yanlarına koştum. Babam sevinç içinde bana da: "Müjde Zeynep!" diyerek kollarını açtı bana. Babama sarılıp:

— Müjdeni çabuk söyle babacığım, diye haykırdım.

Üçümüz birlikte oturma odasına geçtik. Hepimiz çok sevinçliydik. En çok da annem seviniyordu... Babam anlatmaya başladı.

— Saat öğlenden sonra ikiydi. Telefon çaldı. Patron, sizin kasabadan seni arıyorlar, diye seslendi. Çok heyecanlandım. Ahizeyi alıp, "Alo!" dedim. Telefondaki kişi dayındı. "Kiminle görüşüyorum?" diye sordu. "Benim ağabey!" dedim. Dayın; "Zeynep çok mu hasta?" diye sordu. "Çok hasta değil ama, doktorlar temiz hava ve bol besin almasını söylediler. Onun için seni rahatsız ettik" dedim.

— Rahatsızlık ne demek oluyor? Biz ne güne duruyoruz?... Hiç beklemeden Zeynep'i alıp getirin, dedi.

— Sağol ağabey! dedim.

Sonra da bizleri sordu. Ben:

— İyiyiz, dedim. Önce bacınla Zeynep gelecekler. Ben daha sonra geleceğim, dedim.

— Kızkardeşimle Zeynep'i en kısa zamanda bekliyorum! Onları trene bindirince, Fevzi Bey'e telefon et. O bize haberi hemen gönderir. Biz de istasyonda onları karşılarız, dedi.

Annem ellerini çırpıp:

— Yaşa karaoğlan!... Allahım sana şükürler olsun! Bizi bu sıkıntılı durumdan kurtardın, dedi. Allah ağabeyimden razı olsun. Ya hayır deseydi, ne yapardık?...

— Demek ki biz yanlış düşünüyormuşuz. O denli tatlı konuştu ki, hayret ettim doğrusu. Olumlu konuşunca, sanki dünyalar benim oldu...

— O amca kendisi mi gidip haber vermiş dayıma baba, diye sordum.

— Evet, dedi babam. Fevzi'den de Allah razı olsun. Kendisi köye gidip haber vermiş. Sabahleyin birlikte kasabaya gelmişler.

— Yaşasın dayım! diye haykırarak onu alkışladım.

O akşam neler alınacağını kararlaştırdık. Şimdiden kendimi daha iyi hissetmeye başlamıştım. Ertesi sabah annemle babam çarşıya çıktılar. Alınacakları aldılar. Annem alınanları bir hamalla eve getirdi. Hazırlıklar bir hafta içinde tamamlandı. Bir hafta sonra, babam, annemle benim tren biletlerimizi aldı. Artık her şeyimiz hazırdı.

Trene bindiğimizde geceydi. Ben pencere kenarına oturmuştum. Karanlıkta, elektrik ışıklarının aydınlattığı yerleri izledim. Işığın aydınlatamadığı yerler, koyu bir karanlığa gömülmüş gibiydi. Trenimiz bu karanlıkları yarıp geçiyordu. Çok geçmeden uykum geldi. Başımı annemin kucağına koyup hemen uyudum.

Uyandığım zaman, dağların doruklarında kızıllıklar gördüm. Bu kızıllıklar, sabahın başladığını gösteriyordu. Geçtiğimiz yerler alacakaranlıktı. Trenimiz, dağların eteklerinden, tepelerin arasından kıvrıla kıvrıla gidiyordu. Arada bir uzun uzun düdük çalıyor, sanki geceyi, sisli dağları uykularından uyandırmaya çalışıyordu. Kompartımandakiler uyuyorlardı. Annemin uyur uyanık bir hali vardı. Anneme:

— Anne sabah oluyor, değil mi? diye sordum.

— Evet yavrum, sabah oluyor. Güneş biraz sonra dağların arkasından gözükür.

Neredeyse fısıldaşarak konuşuyorduk annemle. Yavaş konuşuyorduk ki, diğerleri uyanmasınlar. Anneme, kasabaya ne zaman varacağımızı sordum. Annem:

— Yarın sabah dokuz, on sıralarında, dedi.

— Anne ben çok heyecanlıyım. Sen de heyecanlı mısın benim gibi? diye sordum.

— Ben senden daha çok heyecanlıyım. Şöyle bir düşün, onüç yıl önce ayrıldığım köyüme dönüyorum...

— Haklısın anne. Ben senin yerinde olsaydım, senin duyduğun heyecanı ben de duyardım...

Biz böyle annemle sohbet ederken, kompartımanda bulunan yolculardan bir kaç tanesi daha uyandı. Onlar da bizim sohbetimize katıldılar. Fakat onlarla daha çok annem konuşuyordu. Ben, konuşmalara çok az katılıyor, ancak bana bir soru sorulduğu zaman yanıt veriyordum. Çünkü her taraf aydınlanmış, dağların doruklarından güneş yükselmeye başlamıştı... Pencereden dışarıyı izlemek daha çok ilgimi çekiyordu. Dağlar, tepeler, tarlalar yemyeşildi. Söğütlü dereler uzayıp gidiyorlardı. Derelerdeki sular, güneş ışınlarıyla parlayıp duruyorlardı. Gelincik tarlaları başka bir güzellik veriyordu kırlara.

Manzarayı daha iyi görebilmek için, anneme, kampartımanın penceresini açmasını söyledim. Annem:

— Pencereyi açmak için çok erken, açarsam üşürsün. Zaten hastasın. Sonra iyice hastalanırsın, dedi.

— Üşürsem, tekrar kapatırız, dedim.

— Biraz daha sabret, dedi annem.

Kompartımandakiler de annemi onaylayarak:

— Annen doğru söylüyor. Öğlene doğru açarız, dediler.

Aradan epeyce bir zaman geçti. Güneş, camın arkasında beni yakmaya başladı. Anneme pencereyi açmasını söyledim. Hemen kompartımandaki iki adamdan daha genç olanı yerinden fırladı ve pencereyi açtı. Pencere açılır açılmaz, çiçek kokulu tertemiz bir hava doldu içeriye. Hırkamı üzerime alıp pencerenin önüne dikildim. Temiz havayı derin derin içime çektim. Annem:

— Maşallahın var Zeynep. Evdekinden çok iyisin. İnşaallah çok yakında hiçbir şeyin kalmayacak. Köyde bir de iştahın açıldı mı, sapasağlam olacaksın!...

— Evet anne, çok iyiyim. Üzerimden bir ağırlık kalkmış gibi hissediyorum kendimi. Biraz halsizliğim var, ama önceki gibi değil, dedim.

— Bir şeyler yer misin? diye sordu annem.

— Hayır anne, hiç yiyesim yok, dedim.

Biraz ayakta kalınca yoruldum. Yerime oturmak zorunda kaldım. Fakat gözlerimi bir türlü pencereden alamıyordum. İnsanlar yollara dökülmüş; atlarla, eşeklerle, kağnı arabalarıyla, öküzlerle tarlalara gidiyorlardı. Dağların yamaçlarında davar sürüleri otluyor, çıngırak sesleriyle köpek havlamaları birbirine karışıyordu... Hepsinden güzeli, çobanların çaldığı yanık kaval sesleri duyuluyordu. Manzaranın güzelliği beni çok etkiliyordu. Hep bunlarla başbaşa olmayı istiyordum...

Trenimiz, kanatlanmış bir kuş gibi Anadolu'nun derinliklerinde uçup gidiyordu...

Sık sık toprak damlı köyler görüyordum. Köylerin harman yerlerinde küçücük çocuklar koşuşup duruyorlardı. Treni görünce, durup el sallıyorlardı. Ya binbir türlü çiçeklere ne demeli!... Renk renk açmış çiçekler, beni benden alıp alıp kırlara götürüyorlardı. Kıpkırmızı gelincik tarlalarının görüntüleri o denli güzeldi ki!...

Trenimiz istasyonlarda duruyor, inenler

iniyor, binenler biniyorlardı. İhtiyacı olanlar, istasyon büfeleri ve seyyar satıcılardan alışveriş yaparak aceleci adımlarla, koşarak gelip trene biniyorlardı. Yolcuların bazıları da trenin penceresinden alışveriş yapıyorlardı. İstasyonda kalış süresi biten tren, uzun bir düdük çalarak hareket etmek üzere olduğunu duyuruyordu sonra...

Annem bana sormadan; börek, yumurta, peynir, zeytin çıkardı. Gülümseyerek:

— Haydi kızım, az da olsa, bir şeyler yemeye çalış. Ye ki, ilaçlarını içesin. Ben çok acıktım. Sen de acıkmış olmalısın, dedi.

Hiç iştahım yoktu. Annemi üzmemek için sesimi çıkarmadım. Biraz börek aldım. Yemeye çalıştım, ama yiyemedim. Ağzıma aldığım lokmayı bir türlü yutamıyordum. Ağzımdakini çıkarırsam, ayıp olacağını bildiğim için zoraki yuttum... Yalvarırcasına:

— Anneciğim hiç iştahım yok. Ağzıma aldığım lokma, sanki boğazımda düğümleniyor. Yutmakta zorluk çekiyorum. Sen bana bakma da, karnını güzelce doyur. Ben sonra acıkınca yerim, dedim.

— Senin acıkacağın yok ya, dediğin gibi olsun, dedi annem.

Sabahtan beri doğayı izlemekten, ayakta durmaktan iyice yorgun düşmüştüm. Geriye yaslanıp:

— Anne uykum geldi. Ben biraz uyuyacağım, dedim.

Annem hırkasını çıkarıp pencereden tarafa koydu. Üzüntülü bir sesle:

— Başını dizime koy da, uzanıp biraz uyu, dedi.

Kompartımanda bulunan diğer yolcuları rahatsız etmemek için, dizlerimi bükerek uzandım. Üzerime bir ağırlık çökmüştü yine. Kımıldayacak halim yoktu. Biraz sonra uyku bastırdı. Derince bir uykuya daldığımı, uyandıktan sonra annem söyledi.

Uyandığım zaman akşamın yaklaştığını anladım. Dağların, tepelerin, ağaçların gölgeleri iyice uzamıştı. Yine gözlerimi kapatınca, annem:

— Artık kalk kızım. Bu kadar uyku yeter. Gün boyunca hiçbir şey yemedin. Kalk da bir şeyler ye, dedi.

Annem haklıydı. Gözlerimi bir türlü açamıyordum. Sanki göz kapaklarımın üzerinde taş vardı. Canım hiç hareket etmek istemiyordu. Tekrar uyumak istedim. Annem bırakmadı. Elimden tutup kaldırdı:

— Haydi, tuvalete gidelim de yüzünü yıka. Belki açılırsın, dedi.

Ayağa kalkınca başım döndü.

— Anne beni tut, başım dönüyor, dedim.

— Hep açlıktan, dedi annem. Sözümü dinleyip de birazcık yemiyorsun. Beni üzüp duruyorsun...

Üzüntülü bir sesle söylemişti bu sözleri. Yüzüne baktım. Yanaklarından aşağı sızan gözyaşlarını görünce çok üzüldüm:

— Anne, neden böyle konuşuyorsun? İştahım olsa, seni üzer miyim hiç? dedim.

Annem koluma girdi. Beni sürüklercesine kompartımandan çıkardı. Yavaş adımlarla bizden üç kompartıman ilerideki tuvalete gittik. Annem bir eliyle beni tuttu, öbür eliyle de yüzümü yıkadı.

Gerçekten de elimi yüzümü yıkayınca biraz açıldığımı hissettim. Kompartımana biraz kendime gelmiş olarak döndüm. Annem bir şeyler yemem için ısrar etti. Onu kıramadım. Her bir iki lokmada birer yudum su içerek, biraz çörekle bir yumurta yiyebildim ancak. Ben zoraki de olsa yerken, annemin sevincini görüyor, biraz daha yemek için çaba harcıyordum.

Yeme işi bitince, yine pencereden bakmaya başladım. Gölgeler iyice uzamıştı, nerdeyse akşam olmak üzereydi. Doğanın güzelliklerine bir türlü doyamıyordum. Doğayı izledikçe mutlu oluyordum. Biraz sonra yorulduğumu anladım. Midem de rahat değildi. İstifra edeceğim diye bir korku vardı içimde. Baktım daha fazla oturamayacağım:

— Anne ben biraz yatacağım, dedim.

— Daha uykudan uyanalı iki saat olmadı. Biraz daha otur, dedi annem.

Karşımda oturan yaşlı amca:

— Yatma da sana güzel bir masal anlatayım, dedi.

Masal dinlemeyi çok sevdiğim halde, uykuya dayanamayacağımı hissettiğim için:

— Teşekkür ederim amca. Dinlemek isterdim ama, uyumadan duramayacağım, dedim.

Hem annem, hem de kompartımandakiler, beni uyutmamak için çok çaba harcadılar. Bana çeşit çeşit sorular sordular. Yine de uykumu engelleyemediler.

Gece kuvvetli bir sarsıntıyla uyandım.

— Anne, tren neden durdu? Yoksa bir şeye mi çarptı? diye sordum.

— Hayır, dedi annem. Bir şey olmadı kızım. Bir istasyona geldik, onun için durdu tren.

— Sabaha daha çok var mı?

— Yok, birazdan şafak sökecek.

— Bizim inmemize daha çok var mı peki?

— Daha epeyce var. Sen uyu. İneceğimiz istasyona yaklaşınca, ben seni uyandırırım.

Gözlerimi kapar kapamaz uyumuşum yine. Uykudan annemin:

— Zeynep, Zeynep! diye seslenmesiyle uyandım. Ellerimle gözlerimi ovalarken:

— Geldik mi anne? diye sordum heyecanla.

— Bir istasyon kaldı inmemize. Bundan sonraki istasyonda ineceğiz, dedi annem. Yavaş yavaş hazırlanalım.

Bu sözler beni heyecanlandırdı. Şimdiye dek hiç görmediğim akrabalarımı, hiç görmediğim yerleri görecektim. Kalkıp oturmak istedim. Kalkamadım. Annemin yardımıyla oturabildim. Kendimi çok halsiz, çok yorgun hissediyordum... Bir iki dakika oturduktan sonra, tekrar uzandım. Karmakarışık duygular içindeydim. İneceğimiz istasyona yaklaştığımız için seviniyor, hasta olduğum için ise üzülüyordum.

Annem istasyona varmadan hazır olmak için raflardaki bavulları, sepetleri indirmek üzere ayağa kalktı. Daha önce de bize yardım etmiş olan genç amca:

— Siz oturun, dedi. İnecekleri bana söyleyin, ben indireyim.

Annem gösterdi, o indirdi. Amcanın uzattığı eşyaları alan annem, onları koridorun penceresinin yanına diziyordu. Biz indiğimizde, genç amca, eşyaları koridorun penceresinden verecekti bize. Annem çok acele ediyordu hazırlanmak için. İşini bitirdikten sonra gelip yanıma oturdu. Trenin, ineceğimiz istasyonda fazla duramayacağını, bunun için biraz çabuk olmamız gerektiğini söyledi.

Kompartımandaki kadın yolculardan biri, istasyona gelince beni iniş kapısına dek götürmeyi teklif etti. Annem, kadının yardım teklifini sevinçle kabul etti ve kadına teşekkür etti. Tren uzun bir düdük çalınca, annem:

— İstasyona giriyoruz, dedi.

Hemen koridorun penceresine koştu. Bizi karşılamaya gelecek olan dayımı görerek, "buradayız" diye seslenecekti... Trenin yavaşlamasından, istasyona girdiğimizi anladım.

Kompartımanın kapısı açık duruyordu. Açık olan kapıdan, koridorun penceresinden bakan annemi görüyordum. Tren iyice yavaşlarken, annemin:

— Muharrem, buradayız! diye ünlediğini ve el salladığını gördüm.

İyice heyecanlanmıştım. Tren durdu. Kompartımandaki amcalar, annemin koridora yığdığı eşyalarımızı birer birer pencereden uzatmaya başladılar. Bize yardım teklif eden kadın da, koluma girdi ve beni trenin iniş kapısına doğru yürütmeye başladı. Annemin yanından geçerken, pencerenin kenarından dışarıya bakan annemin, sessiz sessiz ağladığını gördüm...

Biz kapıya gelene dek, eşyalar indirilmiş olmalı ki, bir erkek sesinin:

— Zeynep nerede? diye seslendiğini duydum.

Annem:

— Zeynep kapıya geldi, yanıtını verdi.

Sonra kapıda bıyıklı, şapkalı bir adam belirdi:

— Zeynep sen olmalısın! diyerek beni kucakladı.

Beni kapıya dek getiren teyzeye ancak el

sallayabildim. Beni kucaklayan dayım olmalı, diye düşündüm. O beni göğsüne bastırdı. Durmadan yanaklarımdan öpüyordu. Hem öpüyor, hem de:

— Nasılsın yavrum Zeynep? İyi misin? diye soruyordu.

Amcaların yardımıyla eşyalarımızı indiren annem de geldi yanımıza. Dayım beni kucağından indirip elimden tuttu. Sonra anneme sarılarak:

— Canım kardeşim! Hakikatsiz kardeşim! dedi.

Annem de dayıma:

— Canım ağabeyim! Sizleri çok özledim, diyerek gözyaşları döküyordu...

Hal hatır sorduktan sonra, eşyaların yanına gittik. Eşyaların yanında, benden beş altı yaş büyük bir erkek çocuğu duruyordu. Annem onu görünce:

— Bu bizim İbrahim mi? diye sordu.

Ona sarılarak yanaklarından öptü.

Bu sırada tren kalkış düdüğünü çalarak hareket etti. Kompartımandakilerin dördü de pencereden gülerek bize bakıyorlardı. Onlar bize, biz onlara el salladık.

Annem arkalarından:

— Çok iyi insanlardı. Bize bir hayli faydaları oldu, dedi.

Bu sırada yanımıza bir minibüs yaklaştı. Hemen eşyalarımızı minibüsün arkasına yerleştirdiler. Dayım beni kucaklayarak minibüse bindirdi. Geçtiğimiz yerleri iyi görebilmem için, ön sıraya oturttu. Annem ve İbrahim ağabeyim de binince, minibüs hareket etti. İstasyonla kasaba arasında, on dakikalık bir mesafe varmış.

Kasabanın meydanına gelince, minibüs durdu. Dayımla annem gereken şeyleri almak için, minibüsten indiler. Annem inmeden önce, İbrahim ağabeyimle bana börek verdi. Gülerek:

— Bunları yiyip bitirmeden köye gitmek yok, dedi. Şoför de indi minibüsten. Elimizdeki börekleri yemeye çalışırken:

— Köy güzel mi? diye sordum İbrahim ağabeyime.

— Güzel, dedi İbrahim ağabeyim. Şimdi köyün en güzel zamanı.

— Beni köyde gezdirirsin değil mi?

— Elbette gezdiririm! Sen bir iyileş, gerisi kolay.

— İyileşmem için ne gerekiyorsa, onu yapacağım.

— Dediğin gibi yaparsan çabuk iyileşirsin. Sen hiç hastaya benzemiyorsun. Bence sen hasta değilsin. Hasta olsan bile kısa zamanda iyileşirsin!... Bir hasta senin gibi olmaz ki, bana göre sen hasta falan değilsin.

— İbrahim ağabey, akciğerlerimde hafif duman varmış. Doktor hemen önlem alınması gerektiğini söyledi. Önlem alınmazsa, işte o zaman hastalık meydana çıkarmış.

— Nasıl önlem alınacakmış?

— Temiz havalı yerlerde gezmem, bol bol besin almam gerekiyormuş...

— Bizim köyün havası çok güzeldir. Beslenmen de sana bağlı. Süt, yoğurt, kaymak, bal, peynir gibi şeyleri yersen, çabucak iyileşirsin. İş senin yemene, bahçelerde, yaylada gezip dolaşmana kalıyor. Bunları yaparsan hiçbir şeyin kalmaz. Doktor Bey de, senden bunları istiyor değil mi? Bu saydıklarımı yaparsan, bir iki ayın içinde iyileşirsin.

— Bana çok güzel moral verdin. Teşekkür ederim. Senin söylediklerini bir bir yapacağım...

— Yapmalısın tabii. İnsan, sağlığı için her şeyi yapar.

— İbrahim ağabey?

— Evet Zeynep?

— Evde benim yaşımda hiç kız var mı?

— Var ya! İki kız, bir oğlan var. Üçü de benden küçükler. İkisi benim kız kardeşlerim. Oğlan da amcamın oğlu.

— Onlar bir iş yapıyorlar mı?

— Zeynep, köyde büyük küçük herkesin bir işi vardır. Küçük kız kardeşim, ev işlerinde anneme yardım ediyor. Amcamın oğlu Necati, yaylada kuzuları otlatıyor. Kız kardeşlerimden büyük olanı ise yaylada dedemlere yardım ediyor.

— Yayla da güzel mi?

— Çok güzel! Buz gibi soğuk suları ve tertemiz bir havası var. Süt, peynir, yağ, kaymak bol. Tam sana göre bir yer... Yaylaya bir gittin mi, bir daha geri dönmek istemezsin.

— Beni yaylaya götürürler mi?

— Elbette götürürler. Gidip yaylada kalsan, daha çabuk iyileşirsin.

— Yaylada kimler var?

— Ninem, dedem, kız kardeşim, amcamın oğlu Necati...

— Yayla nasıl bir yer?

— Dağların arasında düzlük bir yer. Yazın en sıcak zamanında bile serin olur. Suları çok soğuktur. Bolca ardıç ve alıç ağaçları bulunur.

— İnsanlar evlerde mi oturuyorlar?

— Herkesin bir evi vardır. Evlerin duvarları taştan yapılmıştır. Üzerleri ağaçlarla, ağaçların üzerleri de geven otlarıyla, geven otlarının üzerleri de toprakla örtülmüştür.

— Evler kaç odalı?

— İki, en çok da üç. Bizim yayla evimiz biraz büyük olduğu için, üç odalı. Ama bunları ev odaları gibi düşünme tabii. İçlerini anlatmak zor. Zaten gittiğin zaman görürsün...

— Yayla yeşillik mi?

— Hem de yemyeşil. Yeşil otlar, renk renk çiçekler yaylayı süsler. Çiçek toplamak istediğin zaman, hangisini koparayım diye şaşırırsın.

— Ben daha görmeden, sen yaylayı bana sevdirdin. Ne güzel yermiş bu yayla...

— Görünce daha çok seveceksin orayı.

Konuşmaya öylesine dalmışım ki, elimdeki çöreği yiyip bitirdiğimin farkına bile varmadım...

Bu sırada annemle dayım geldiler. Annem yanıma otururken elime baktı. Elimde börek göremeyince:

— Böreğini ne yaptın? diye sordu.

— Yedim, dedim gülerek.

Bana inanmadı:

— Yalan söylüyorsun. Sen o denli böreği yiyemezsin, dedi.

— Yalan söylemiyorum. Yedim işte anne. Bana inanmıyorsan, İbrahim ağabeyime sor, dedim.

— Zeynep doğru mu söylüyor İbrahim? Hepsini yedi mi?

— Doğru söylüyor hala . Zeynep verdiğiniz böreğin hepsini yedi.

— Çok iyi. Buna çok sevindim. İnşaallah bugünden itibaren iştahı açılır.

— Anne, İbrahim ağabeyimin anlattığı yaylanın güzellikleri iştahımı açtı.

Dayım bana sarılıp yanaklarımdan öptü. Sonra:

— Tabii açılacak. Zeynep kız da, kısa zamanda iyileşecek, dedi.

— İnşaallah diye yanıtladı annem gülerek.

— Dayı beni de yaylaya götürecek misin? diye sordum.

— Sen ne istersen, ben onu yapacağım, dedi dayım. Şimdi yayla soğuk olur. On on beş gün sonra yaylaya gideriz. Annenle sen, orada uzun süre kalırsınız.

— Teşekkür ederim dayıcığım, dedim.

Şoför, dayımların geldiğini görünce, oturduğu yerden kalktı, gelip minibüse bindi. Az sonra:

— Tamam mı Muharrem Amca? diye sordu.

— Tamam, dedi dayım. Gidebiliriz.

Şoför minibüsü çalıştırdı. Hareket edince:

— Hepinize uğurlar olsun dedi.

Dayımla annem:

— Sağol, dediler.

Kasabadan çıkıncaya dek, geçtiğimiz yerleri izledim. Kasabanın evleriyle İstanbul'un evlerini karşılaştırdım. Tek katlı, iki katlı, en fazla üç katlı kiremit damlı evler bana çok basit geldi. Merkezden uzaklaştıkça, evlerin aralarındaki bahçeler, ekin tarlaları dikkatimi çekti... Yollarda eşekli, atlı, yaya insanlar vardı. Bunların çoğunluğunu köylüler oluşturuyordu. Köylü olduklarını, giysilerinden anlıyordum.

Geçtiğimiz yollar iyi değildi. Minibüs sarsılıp duruyordu. Çevreyi izlemek, çok hoşuma gidiyordu. Kasabadan çıkmıştık artık. Yolun iki tarafında tarlalar uzayıp gidiyordu... Manzarayı seyrederken, annemin dizine yatıp uyuyakalmışım...

Gözlerimi açtığım zaman, bizim odalara hiç benzemeyen bir odada olduğumu gördüm. Annemle dayımdan başka, kadınlı erkekli dokuz on kişi vardı yanımızda. Kadınlar annemle konuşuyorlardı. Annem gözlerimi açtığımı görünce:

— Haydi kalk Zeynep. Yeter uyuduğun. Bak dayınlara geldik. Bakalım, bunların içinde küçük dayını tanıyabilecek misin? diye sordu.

Odada büyük dayımdan başka, dört erkek daha vardı. Herkes, bakalım tanıyabilecek mi? diye merakla bana bakıyordu. Ben uyku sersemliği içinde, ayrı ayrı hepsini gözden geçirdim. Sonunda:

— İşte Süleyman Dayım, diyerek birini gösterdim.

Yanılmamıştım. Oradakiler, Süleyman Dayımı tanımama hayret ettiler. Süleyman Dayım yerinden kalktı, yanıma geldi. Gülerek:

— Haydi Zeynep, dayına bir sarıl bakalım, dedi.

Zorlukla ayağa kalkıp Süleyman Dayıma sarıldım. Süleyman Dayım yanaklarımdan öptükten sonra:

— Nasılsın Zeynep, iyi misin? diye sordu.

— Eh biraz iyiceyim dayıcığım, dedim.

Karşımda oturan bir kadın:

— Gel bir de bana sarıl, dedi.

Annem gülümseyerek:

— O Muharrem Dayının hanımı. Haydi ne duruyorsun, yengene sarılsana, dedi.

Gidip ona da sarıldım. O da yanaklarımdan tekrar tekrar öptü. Halimi hatırımı sordu. Sonra da:

— Maşallah, gül gibi bir İstanbul Kızı, dedi...

Odanın kapısının önünde, küçüklü büyüklü bir sürü çocuk toplanmıştı. Birbirlerine:

— Ne güzel kız! Bu İstanbul Kızı, bizimle oynamaz, diye fısıldaşıyorlardı. Onlara gülümseyerek baktım. Sevecen bir sesle:

— Oynarım ama, iyileştikten sonra, dedim.

Muharrem Dayım gülümseyerek:

— Zeynep sen hasta sayılmazsın, dedi.

Oturanlardan:

— Tabii hasta sayılmaz, diyerek dayımın sözlerini onaylayanlar oldu.

Başımda bir ağrı vardı. Halsizliğim artmış gibiydi. Canım bir şey istemiyordu. Ayakta duracak halim yoktu. Yine uzanıp uyumak istiyordum. Anneme:

— Anne, başım çok ağrıyor. Biraz daha yatacağım, dedim.

— Yatarsan daha da kötüleşirsin. Soğuk suyla yüzünü yıka ki, biraz açılasın. Sonra da ilaçlarını içersin, dedi. Şimdi şu kutuyu al da kardeşlerine şeker tut.

Küçük dayım hemen ayağa kalktı. Birlikte çocuklara şeker tuttuk. Çocuklar bitince, büyüklere de tuttuk... Dayım:

— Gel seni Tatlıpınar'a götüreyim de, orada güzelce elini yüzünü yıka. Suyu çok soğuktur Tatlıpınar'ın. Yıkanır yıkanmaz açılırsın. Hem de hava almış olursun, dedi.

Beni kucağında götürmek istedi. Ben:

— Tatlıpınar çok uzak mı? diye sordum.

— Yakın. Uzak değil, dedi dayım.

— Öyleyse elimden tut dayı, dedim.

Dayım elimden tuttu. Yavaş yavaş merdivenlerden indik. Harmanların arasındaki taşlı yolda yürüyerek, köyün üst tarafındaki Tatlıpınar'a vardık. Evdeki çocukların tümü de, bizim arkamızdan oraya geldiler.

Pınar'ın tek oluğundan güldür güldür akan sular, yalağa döküldükçe köpükler oluşuyordu. Elimi suyun altına tuttum. Hakikaten buz gibi soğuktu. Önce ellerimi yıkadım. Çocuklar çevremizde durmuş bana bakıyorlardı... Sonra iki avucumu birleştirdim. Avucumun içine dolan sularla yüzümü yıkamaya başladım. Yüzümü yıkadıkça, üzerimdeki uyuşukluğun yok olduğunu farkettim. Yüzümü yıkadıktan sonra, avuçlarıma doldurduğum sudan içtim biraz. Çevremizde toplanmış olan çocuklar, merak içinde bana bakıyorlardı. Sonra da birbirlerine bir şeyler fısıldayarak gülüşüyorlardı...

Dayım elindeki testiyi çalkalayıp doldurdu. Sonra elimden tuttu:

— Haydi artık gidelim Zeynep, dedi.

Çocuklar: "Zeynep, Zeynep!" diye adımı tekrarladılar. Böylece adımı öğrenmiş oldular.

Tatlıpınar'dan dönerken üzerimdeki uyuşukluk yok olmuş, canlanmıştım. Ben serbest serbest yürümeye başlayınca, dayım sevindi. Gülerek:

— Bak Zeynep açıldın, dedi.

Gerçekten de açılmıştım. Rahat rahat yürüyerek eve geldik. İçeri girince, annemle Muharrem dayım:

— Nasılsın Zeynep, diye sordular.

— İyiyim, dedim onlara.

— Biraz açıldın mı? diye sordu annem.

— Açıldım anne, dedim.

Eve döndüğümüz zaman, ilk geldiğimizde orada bulunan yabancılar gitmişlerdi. Süleyman Dayım da, peşimizden pınara gelen çocuklara:

— Bugünlük bu kadar yeter çocuklar. Zeynep şimdi yorgun. Artık evlerinize gidin, demişti. Onlar da dağılıp gitmişlerdi.

Yemek zamanı olacak ki sofra kuruldu. Sofraya oturduk. Taze bir tereyağı kokusu doldurmuştu odayı. Bu koku az da olsa benim hoşuma gitti. Annem, tabağıma önce tereyağında pişirilen yumurtadan koydu biraz. Bunun yarısını yedim. Sonra bulgur pilavına geldi sıra. Soğuk ayranın yardımıyla pilavdan daha çok yedim. Üzerine de biraz kaymakla bal yedim... Yemeğin üzerine iki ilacımı da içtim.

Annem, dayılarım, yengem yemek yememe çok sevindiler. Muharrem Dayım:

— On gün sonra sizi yaylaya götüreceğim. Orada iştahın iyice açılacak. Çok yemek yiyeceksin. Tertemiz havada gezip dolaşacak, belki de kuzuları otlatacaksın, dedi.

Kuzuları otlatma fikri çok hoşuma gitti.

— Sahi kuzuları otlatabilir miyim dayı? diye sordum.

— Elbette otlatırsın. Neden otlatmayasın, dedi dayım. Annen de küçükken kuzuları çok otlatmıştı...

Dayımın bu sözleri beni çok sevindirdi. Anneme:

— Gerçekten de kuzu otlattın mı anne? diye sordum.

Annem gülümseyerek:

— Tabii otlattım, dedi. Yaylaya gittiğimizde sen de otlatırsın!

Konuşmalar beni mutlu etmişti. İçimden:

— İnşaallah on gün sonra daha iyi olurum, diye geçirdim.

Süleyman Dayım:

— İstiyorsan seni şöyle yakınlarda biraz gezdireyim, dedi.

— Yol yorgunluğunu tam olarak atamadı daha üzerinden . Gezme işini yarına bırakalım, dedi annem.

Annem doğru söylemişti. Yemekten sonra üzerime bir ağırlık çöktü. Öylesine yorgundum ki, yerimden kıpırdayacak gücü bile kendimde göremiyordum. Anneme:

— Canım yatıp uyumak istiyor, dedim.

— İyi ama, ya gece uyuyamazsan...

— Sen merak etme, uyurum anne, dedim.

Başımın altına bir yastık koydular. Halı serili divanın üzerine uzanıverdim. Yayla hayali içinde uykuya dalmışım...

Uyandığımda, odada benden başka kimse yoktu. Duvardaki "tik tak!" sesi çıkaran saate baktım. Akşamın yaklaşmakta olduğunu anladım. Üzerimdeki ince örtüyü kenara atıp divana oturdum. Annemin yanımda olmamasını merak ettim!

— Anne! diye seslendim.

Annem sesimi duymuş olacak ki, hemen içeri girdi.

— Bir şey mi istiyorsun Zeynep? diye sordu.

— Hayır, dedim. Neden beni yalnız bıraktınız, dedim.

— İçeride ses olursa rahat uyuyamazsın

diye, öbür tarafa geçtik kızım, dedi. İyi uyudun mu? Haydi, şimdi yüzünü yıka ki biraz açılasın.

— Canım yürümek istemiyor, dedim.

Annem hemen odadan çıktı. Biraz sonra el leğeni ve ibrikle geri döndü. Annem su dökerken, önce ellerimi, sonra da yüzümü yıkadım. Annem hemen benim havlumu getirdi. Havluya silinip anneme geri verdim. Yüzümü yıkayınca biraz açıldım. Ayağa kalkıp pencereden baktım. Dışarıda hafif bir akşam karanlığı başlamıştı. Anneme:

— Haydi biraz kapının önüne çıkalım, dedim.

Elimden tuttu. Birlikte kapının önüne çıktık. Yaylımdan dönen inekler, öküzler, danalar, atlar, eşekler önümüzden geçiyorlardı. İskemlelere oturup bir zaman onları izledik. Anneme:

— Dayımların da atı, eşeği var mı? diye sordum.

— Köyde atı, eşeği olmayan ev bulunmaz. Çünkü bütün işlerini hep atla, eşekle yaparlar, dedi annem.

— On gün sonra yaylaya ne ile gideceğiz?

— Atla, eşekle gideceğiz. Ata ya da eşeğe binmek çok hoşuna gidecek.

— Attan ya da eşekten düşünce, insana bir şey olur mu anne?

— Olur ya. Kiminin kolu, kiminin bacağı kırılır. Kiminin başı yarılır, kimine de hiçbir şey olmaz.

— Öyleyse ben, ata da eşeğe de binmem!...

— Attan ya da eşekten düşmek için, onların koşmaları, kızarak çifte atmaları lazım. Normal yürürlerken, onlara binenlere hiçbir şey olmaz.

Biz sohbet ederken karanlık çöktü. Annem odaya girip gaz lambasını yaktı. Sonra beni çağırdı. Çok geçmeden tüm ev halkı odada toplandı. Küçük teyzem, Muharrem dayımın küçük kızı, Süleyman dayımın hanımı... Ot biçmekten geliyorlardı hepsi. Gelenlerin hepsi, ayrı ayrı hoşgeldin diyerek bana sarıldılar. Tekrar tekrar öptüler.

Yatma zamanı gelince, oturduğumuz odayı, gece için annemle bana bıraktılar. Yanyana iki yatak serildi yere. Annem gaz lambasını kısarken, kapıyı arkadan sürgülemesini söyledim.

— Neden korkuyorsun kızım diye sordu annem.

— Belki hırsız gelir, dedim.

Annem gülerek:

— Köyde hırsız olmaz. Yazın köylünün her şeyi dışarıda, açıkta durur. Hiç kimse, bir başka kimsenin malına dönüp bakmaz bile. Hırsızlık olsa, hiç her şeylerini açıkta bırakırlar mı? Yaylaya gittiğimiz zaman, hayvanların da açıkta kaldıklarını göreceksin.

Ben korkumu yenemediğim için, annem kapıyı arkadan sürgülemek zorunda kaldı.

Sabahleyin erkenden horoz ötüşleriyle uyandım. Yatağım pencerenin dibinde olduğu için, yatağımın içine oturup, pencereden dışarıyı seyretmeye başladım. Annemin uyanmasını istemediğim için hiç ses çıkarmadım. Ufuk kızarmıştı... Güneşin dağların arasından gözükmesi yakındı. Horozlar durmadan ötüyor, insanlar önlerine kattıkları hayvanlarla acele acele geçip gidiyorlardı. Köpekler havlıyor, eşekler anırıyor, kediler miyavlıyorlardı...

Hiç usanmadan epeyce bir zaman dışarıyı izledim. Güneş ışınları pencereden içeri vurunca, yorulmuş olduğumu hissettim. Tekrar yatıp ince örtüyü üzerime çektim. Uyumak istedim ama, bir türlü uyuyamadım. Sonra, annemin uyandığını, yatağın içine oturduğunu gördüm. Annem, benim uyuyup uyumadığımı anlamak için, yavaş bir sesle:

— Zeynep! diye seslendi.

— Efendim anne, dedim.

— Uyandın mı?

— Uyandım anne.

— Şimdi mi uyandın?

— Hayır, uyanalı çok oldu.

— İyisin değil mi?

— İyiceyim anne.

— Daha yatmak istiyor musun? Kalkacak mısın?

— Sen?...

— Ben kalkacağım.

— Sen kalkarsan, ben de kalkarım, dedim.

İkimiz de kalktık. Annem yatakları toplayıp öteki odaya götürdü. Bana:

— Haydi Tatlıpınar'a gidip, elimizi yüzümüzü orada yıkayalım, dedi.

Havlularımızı, diş fırçalarımızı, el sabununu aldı. Birlikte Tatlıpınar'a gittik. Ben yıkanırken, yanımıza orta büyüklükte bir köpek geldi. Bizim yabancı olduğumuzu anlamış olacak ki, biraz ileriden hırlamaya başladı. Benim korktuğumu gören annem:

— Korkma, o bize hırlamıyor. Karşıdaki köpeklere hırlıyor, dedi.

Su almaya gelen bir kadın, benim korktuğumu anladı. Yerden bir taş olarak köpeğe fırlattı. Taşa kızan köpek, havlayarak üzerimize doğru gelmeye başladı. Muharrem dayım, o sırada damın üzerine çıkmış, bize bakıyormuş. Köpeğin bize havladığını görünce, koşarak yanımıza geldi. Yerden aldığı taşları arka arkaya köpeğe fırlatmaya başladı. Ardarda gelen taşları gören köpek, kurtuluşu kaçmakta buldu.

Yıkanma işi bitince, eve döndük. Eve geldiğimizde, kahvaltının hazırlanmış olduğunu gördük. Sofrada; taze yağ, kaymak, bal ve peynir vardı. İçmemiz için süt de pişirmişlerdi. Dayımla annem, sofradakilerden çokça yememi istediler.

Azar azar da olsa, hepsinden yemeye çalıştım. İki bardak da süt içtim. Yemeğin sonunda dayım:

— Dün mü iyiydin, bugün mü? diye sordu.

— Bugün daha iyiyim dayı, dedim.

— Her gün bir önceki günden daha iyi olacaksın, dedi dayım.

— İnşaallah, diyerek onayladı annem.

Sofra kalktıktan sonra dayım:

— Haydin gidip bahçeleri gezelim, dedi.

— İster misin? diye bana sordu annem.

— Neden istemeyeyim? Ben doğayı çok seviyorum, dedim.

Dayım elimden tuttu. Merdivenlerden indik. Üçümüz yanyana yürümeye başladık. Önce Eskibahçeye gidiyorduk. Önümüzdeki iki harmanı geçince, yeşilliklerin içine girdik. Her taraf yemyeşildi. Yeşilliklerin içinde renk renk çiçekler açmıştı. İncecik bir yol uzanıyordu bahçelerin arasından... Epeyce yürüdükten sonra, yol yokuşa yöneldi.

— Dayı ben yoruldum, biraz dinlenelim, dedim.

— Peki, dedi dayım.

Dedi ama, üzülerek söyledi bu sözü. Benim hemen yorulmamı istemiyordu. Birer taşın üzerine oturduk. Biraz sonra dayım bana:

— Dinlenmemiz yeter mi? diye sordu.

— Biraz daha dinlenelim dayı, dedim.

Biraz daha oturduk. Sonra kalktık ve yavaş yavaş yürümeye başladık yine. Sonunda Eskibahçe'ye geldik. Bahçenin çevresinde, taşlarla örülen bir duvar vardı. Duvarların üzerine çalılar yerleştirilmişti. Çocuklarla hayvanların bahçeye girmemesi için alınan bir önlemdi bu. Giriş yerinde kocaman bir çalı vardı. Dayım o çalıyı kökünden tutarak geri çekti. Bahçeye giriş yeri açılınca, içeri girdik. Bahçe epeyce büyüktü. İçinde çeşitli meyve ağaçları vardı. Ağaçların tümü yaşlı gözüküyordu. Meyve çiçekleri yeni kapanmış, meyveye dönüşmüşlerdi. Ayvaların çiçekleri daha kapanmamıştı.

Meyve ağaçlarını hiç tanımıyordum. Annemle dayım, onları bana: "Bu dut, bu elma, bu armut, şu erik," diyerek sırasıyla tanıttılar. Dayıma, biraz ilerideki kocaman bir ağacı gösterip:

— Dayı şu ağaç ne ağacı? diye sordum.

— O ceviz ağacı, dedi dayım.

Biz bahçenin yeşillikleri arasında dolaşırken, gökyüzünde yer yer bulutlar oluşmaya başladı. Köyün üst tarafındaki yüksekçe bir tepenin üzerinde koyu bir bulut kümesi vardı. Dayım o bulut kümesini göstererek:

— Şu Ardıçören'in tepesindeki kara bulutlar tehlikeli... Ne zaman orada bu tür bulutlar görünse, dolu yağar. Dolu yağması fazla sürerse, ekinlerle meyvelere ve bostanlara çok zarar verir, dedi.

Korkulu bir sesle:

— Dolu insanlara da zarar verir mi dayı? diye sordum.

— Sorunu tam anlamadım, dedi dayım. Ekinlerin, meyvelerin, bostanların zarara uğraması; insanların zarara uğraması demektir zaten kızım.

— Ben tam olarak anlatamadım, dedim. Yani dolu insanları da öldürür mü?

Dolu yağarken gök gürler, şimşek çakar, yıldırım düşer. Yıldırım insanların bulunduğu yere düşerse, insanları da öldürür, hayvanları da...

— Yıldırımdan hiç ölen oldu mu? diye soracaktım ki, aniden çok kuvvetli bir gök gürültüsü duyuldu. Ben çok korktum. Dayım:

— İstanbul Kızı, böyle korkmanı sana çok görmedim, dedi. Hiç gök gürlemesinden bu denli korkulur mu?

Kısa zamanda gökyüzünü siyah bulutlar kapladı... Çevremize neredeyse akşam karanlığı çöktü. Gök gürlemeleri çoğaldı. Arka arkaya şimşekler çakıyordu. Birer ikişer, iri taneler halinde dolu düşmeye başladı. Korkumdan gidip dayımın elini tuttum. Annem:

— Ağabey, bizi doludan koruyacak bir ağacın altına sığınalım, dedi.

— En uygun yer ceviz ağacının altı, dedi dayım.

— Hayır dayı, en tehlikeli yer, o ceviz ağacının altı, dedim ben.

— Neden tehlikeli? diye sordu dayım.

— Yüksek ve büyük ağaçlar, yıldırımı kendine çeker de onun için, dedim.

— Sen bunu nereden biliyorsun?

— Biz okulda bunun dersini gördük.

— Hiç korkma bir şey olmaz. Gidip ceviz ağacının altına sığınalım.

— Zeynep doğru söylüyor ağabey. Başka bir ağacın altına sığınalım, dedi annem.

— Sen de korkmaya başladın Emine!...

— Bu yaşantılardan ayrı kaldım da onun için ağabey.

— Evet sen de haklısın kardeşim. Şimdi ceviz ağacının altına gitmeyelim mi, diyorsunuz?...

— Ben orada daha çok korkarım. Ceviz

ağacının altına gitmeyelim, dedim.

Orta büyüklükte, yuvarlakça bir armut ağacının altına doğru yürürken, dolunun hızı da artıyordu. Gök gürlemeleri, şimşek çakmaları iyice arttı. Uğultuyu andıran bir sesle, iri iri dolu taneleri düşmeye başladı. Biraz sonra ise dolu yağışı bir sağanağa dönüştü. Sanki gökten, yuvarlak küçük beyaz taşlar atılıyordu yeryüzüne. Dayımla anneme söylemiyordum ama, çok korkuyordum.

Dayım da dolunun büyüklüğünden korkmaya başlamış olacak ki:

— Çok tehlikeli bir dolu... İnşaallah kısa sürer, dedi.

Tam bu sırada çok kuvvetli bir gök gürültüsü oldu. Bir çatırtı duyduk. Toprak zelzele oluyormuş gibi sarsıldı. Dayım üzüntülü bir sesle:

— Bakın! Ceviz ağacına yıldırım düştü, dedi.

Ceviz ağacı bize epeyce uzaktı. Dolu yağdığı, biraz da karanlık olduğu için onu hayal meyal görüyorduk. Ağaç ikiye ayrılmıştı. Büyük bir parçası yere serilmişti...

Ben büsbütün korkmaya başladım. Korkudan titriyordum. Benim kadar olmasa da annemin de korktuğu "Keşke gelmeseydik. Oturup evde dinlenseydik," demesinden anlaşılıyordu.

Dayım korkmuyor gözüküyordu:

— Zeynep iyi ki sözünü dinledik de cevizin altına gitmedik! Eğer cevizin altına sığınsaydık, üçümüz de şimdiye yok olmuştuk, dedi.

Doludan her taraf bembeyaz olmuştu. Çevreden seller yürümeye başladı. Selin gelmesiyle, biraz arkamızdaki bahçe duvarı gürültülü bir sesle yıkılıverdi. Yıkıktan aşan sel suları, bize doğru geliyordu. Ben:

— Sel bizi götürecek! diye bağırdım.

Dayım ceketini çıkardı. Başına geçirerek beni kucakladı. Yağmakta olan dolunun altında koşarak bir kayısı ağacının altına götürdü. Annemi de oraya çağırdı. Annem de koşarak yanımıza geldi.

Ben artık ayakta duramıyordum. Dayım beni oradaki bir taşın üzerine oturttu... Dolu azalmaya başladı. Dayım:

— Siz burada durun. Ben şu cevize bakayım da geleyim, dedi.

Ceviz ağacının yanına dek koştu. Meyve ağaçlarının altları yapraklarla, dal uçlarıyla dolmuştu. Az sonra dolu kesildi. Dayım bizi yanına çağırdı. Korkumdan:

— Biz oraya gitmeyelim anne, dedim!...

— Sen burda dur da, ben çabucak bakıp geleyim, dedi.

— Hayır, dedim. Sen gidersen ben daha çok korkarım, diye yanıtladım.

Annem dayıma bakarak, eliyle beni işaret etti. Dayım, benim korktuğumu anladı. Biraz sonra yanımıza geldi. Üzüntü içinde:

— Yıldırım cevizin yarısını devirmiş. Yazık oldu cevize. Allaha şükür ki, biz orada değildik. Orada olsaydık, üçümüz de ölürdük, dedi.

Hava birdenbire açıldı. Güneş gözüktü. Yerde bir tabaka oluşturan dolular, erimeye başladı. Dayım yine üzüntü içinde:

— Dolu ekinlere, meyvelere, bostanlardaki fidelere çok zarar verdi. Haydin hemen köye dönelim. Bir de köydeki duruma bakalım, dedi.

Ceketini giyen dayım, beni kucağına aldı. Dayım yere bastıkça, ayakları doluların içine gömülüyordu. Annemin, uzun ökçeli ayakkabısıyla yürümesi çok zor oluyordu. Karşımızdaki tepelerden aşağı, delirmiş gibi akan selleri görüyor, seslerini duyuyorduk...

Gökyüzü açılıp güneş gözükünce, dolu taneleri çabucak erimeye başladı. Her taraf su içinde kaldı. Eve çamur içinde, sırılsıklam ıslanmış olarak geldik. Dayım bizi eve bırakıp dışarıya çıktı. Annemle ben hemen giysilerimizi değiştirdik...

Pencereden baktığımızda, köyün dışına doğru koşuşmalar gördük. O anda bir kız çocuğu geldi yanımıza.

— Göçergilin ağılını sel bastı. Sel ağılı yıkıp yerle bir etti. Ağıldaki kuzulardan beş tanesini selin götürdüğünü söylüyorlar, dedi.

Annem de ben de çok üzüldük bu habere. Annem kıza:

— Ağılda hiç insan var mıymış? Onlar kurtulmuşlar mı? diye sordu.

— Sel sesini duyunca, Fadime Nine'yle torunu Ahmet yan taraftaki söğüt ağaçlarının altına kaçmışlar.

Gördüklerimden, duyduklarımdan, çektiğim korkudan yorgun düşmüştüm. Anneme yatmak istediğimi söyledim. O:

— Acıkmadın mı? Bir şeyler ye de, ondan sonra yat, dedi.

Hiç iştahımın olmadığını, bir lokma bile

yiyemeyeceğimi söyledim anneme. Gözlerim uykudan açılmıyordu. Hemen divanda serili olan halının üzerine uzanıverdim. Gözlerimi kapadım. Hemen dalmışım...

Uyandığım zaman, akşam karanlığı çökmüş, lamba yakılmıştı. Annem uyanır da korkarım, diye yanımdan hiç ayrılmamış. Bir ara o da uykuya yatıp epeyce uyumuş. Bunu kendisi söyledi bana.

O akşam, çok az yemek yedim. Yatana dek hep selden, selin yaptığı zararlardan söz edildi. Dayım:

— Gidip bizim ekin tarlalarını gezdim. Başkalarının olduğu gibi, bizim tarlalarda da bir hayli zarar var, dedi. Sel, derenin kenarındaki üç dört tarlayı tanınmaz hale getirmiş. Büyük büyük taşlarla miller, tarlaların her yerini kaplamış. Ekin namına bir şey kalmamış. Ama çok şükür, bizim tarlamız çukurdan biraz yüksekte kaldığı için, fazla zarar görmemiş, diye bağladı konuşmasını.

Köye geleli iki hafta kadar oluyordu. Selin üzerinden ise on gün geçmişti. Aslında şimdi yaylada olmamız gerekiyordu. Ama dayım, yaylaya gitmeyi bir hafta ertelemişti. Ertelemeye ben sebep olmuştum. Dolu ve selin korkusunu daha atamamıştım üzerimden. Dayıma:

— Yaylaya gitmem. Oraya da dolu yağar, diyerek korkumu belirtmiştim...

İşte bunun için, korkum geçinceye dek yaylaya gitme işi ertelenmiş oldu.

Sel olayından sonra, korkudan iki gün dışarıya çıkmadım. Ben dışarıya çıkarsam, hemen dolu yağacak sanıyordum. O günden sonra halsizliğim, iştahsızlığım, yatıp uyuma isteğim çoğalmıştı. Annem, dayılarım ve bütün ev halkı, bana bakıp bakıp üzülüyorlardı. Beni uyuyor sandıkları sırada, annemin, dayıma:

— Günden güne iyileşeceğine, daha da kötüleşiyor, dediğini duydum.

Dayım ise anneme:

— Sel korkusunun etkisinden kurtulamadı çocuk. Ama üzülme. Korkusu geçince, iyileşecek, demişti.

Annemin sözleri beni çok üzmüştü. Benim sağlığımla ilgili kaygılarında haksız değildi. Bir an önce toparlanmaya çalışmalıydım, ama elimde değildi ki...

Annemle dayımın konuşmalarından sonra, ne yazık ki durumumda bir iyileşme yoktu hala. Ertesi sabah kahvaltıda bir bardak sütü zoraki içebildim. Annem bir şeyler yemem için çok zorladı beni. Yiyemedim. Annemin yanaklarından aşağı yaşların indiğini gördüm. Buna çok üzüldüm. O üzüntüyle:

— Anne sen ağlarsan ben de ağlarım, dedim.

Hemen gözlerini sildi:

— Peki yavrum, ağlamıyorum, dedi.

Kötü kötü öksürmemde de bir artış vardı. Öksürdükçe göğsüm ağrıyordu. Korkumdan bunu anneme söylemiyordum. Söylersem daha çok üzüleceğini biliyordum.

O günün öğlen yemeğinde annem:

— Bak, sana mantar yemeği yaptım. Çok güzel oldu. İnşaallah hoşuna gider de biraz yersin, dedi.

Üç çeşit yemeğin içinde, mantar yemeği hoşuma gitti biraz. Ondan epeyce yedim. Anneme:

— Mantarları nereden aldınız? diye sordum.

Yayladan getirdiklerini söyledi annem. Yemekte annemle dayımdan başka kimse yoktu. Dayım gülümseyerek:

— Yaylada seninle birlikte mantar toplayacağız, dedi.

Annemle dayım, mantar yemeğinden epeyce yememe çok sevindiler. Ne yazık ki, sevinçleri çok sürmedi. Sofradan kalktıktan az sonra, midem bulanmaya başladı. Biraz yatarsam belki geçer, diye düşündüm. Yatınca midemin bulantısı daha da çoğaldı. Birden doğruldum.

— Anne istifra edeceğim! diye bağırdım.

Annem el leğenini getirmek için koştu. O daha içeri girmeden büyük bir gürültüyle divanın önüne istifra ettim. Ekşi bir koku yayıldı içeriye. İkinci kez çıkardığımda, biraz da kan geldi. Annem kanı görünce:

— Yavrum! diye bir çığlık attı. Dayım kapının önünde olmalıydı ki, annemin çığlığını duymuş, içeri koşmuştu. İçeri girince, korkulu bir sesle:

— Ne oluyorsun Emine! Ne var? diye sordu.

— Kan, dedi annem! Kana baksana!...

— Bunda korkulacak bir şey yok. Bu kan senin düşündüğün gibi değil, dedi.

— Yavrumu hemen kasabaya doktora götürelim .

— Biraz sakin ol Emine! Kızı da korkutma. Bunun doktorla hiç ilgisi yok. Dikkat edersen kan çok az. Senin düşündüğün gibi olsa, hiç böyle olur mu?

— Ya çoğalırsa?

— Çoğalmaz. Sen biraz sakin ol önce. Çoğalırsa, doktora o zaman götürürüz.

— O zaman da geç kalmış olmayalım...

— Hayır, geç kalmadan götürürüz.

Ben annemin korkusunu anlıyordum. Artık beni hastalığı ilerlemiş bir veremli olarak görüyor, üzüntüden içi içini yiyordu.

İstifradan sonra biraz rahatladım. Annemi rahatlatmak için:

— Anne, ben iyiyim. Neden bu kadar üzülüyorsun? dedim.

Sözlerim annemi teselli etti.

— Ben ne yaptığımı bilmiyorum ki! Sinir krizi geçirmiş olmalıyım... Elbette iyisin, dedi.

Kalkıp yerleri temizledi. Dayım bana:

— Sakın üzülme! Böyle şeyler olur. İstifra etmen iyi oldu. Büyük bir ihtimalle mideni üşütmüşsün. Annen nane kaynatsın. Nane mideni ısıtır. O zaman hiçbir şeyin kalmaz. Şimdi biraz daha iyisin, değil mi? diye sordu.

— Evet dayı. Daha iyiyim, dedim.

Yine divanın üzerine uzanmıştım. Kendimi iyi hissediyordum. Dayım beni konuşmaya tuttu ki, uyumadan kaynatılan naneyi içeyim...

Çok geçmeden annem, kaynattığı nanenin suyunu bir bardağa koyup getirdi. Nanenin içine, İstanbul'dan getirdiğimiz limon parçalarını da koyup, birlikte kaynatmış. Bardaktan bir yudum aldım.

— Anne, bu çok acı!!! dedim.

— Demek şeker atmayı unutmuşum, dedi annem.

Hemen getirdiği şekeri bardağa atarak karıştırdı. Nane suyu tam içilecek duruma geldi. Bir bardak nane suyunu isteyerek içtim. Annem sevinçle:

— Sonra yine içersin, dedi.

Nane suyunu içince, daha da rahatladım. Başımı yastığa koydum. Uyumuşum... Rüyamda, kendimi güllük gülistanlık bir yerde, bir havuzun başında gördüm. Bir oluktan şarıl şarıl havuza akan suyla yüzümü yıkıyor, sonra da güller arasında dolaşıyordum...

Uyanınca rüyamı anneme anlattım. Annem:

— Çok güzel bir rüya, dedi. İnşaallah yakında iyileşeceksin kızım. Hiçbir şeyin kalmayacak. Bu kötü günlerimiz geçecek...

Annemin rüya yorumu çok hoşuma gitti. Kendimi daha iyi hissetmeye başladım. Üzerimdeki ağırlık kalkmış gibiydi. Bundan sonra dışarıya karşı bir özlem duymaya başladım. Anneme:

— Ben biraz kapının önüne çıkmak istiyorum, dedim.

— Çok iyi edersin, dedi annem.

Elimden tutup beni ayağa kaldırdı. Koluma girdi. Annem canlı canlı yürümeme sevindi. O sevinçle:

— Maşallah iyisin kızım, dedi.

— İyiyim anne. Yalnız biraz başım dönüyor, dedim.

— Temiz hava alınca, o da geçecek.

Gölgede kalan kapının önündeki sandalyede epeyce oturdum. Annem de yanımdaydı. Bol bol İstanbul'da babam üzerine konuştuk. Uygun bir anda babama mektup yazmayı kararlaştırdık. Bu konuşmalar beni bir hayli rahatlattı. Anneme:

— Anne acıktım, dedim.

Annem çok sevindi buna. Sevinmekte haklıydı. Bir aydan beri, ilk defa, annem söylemeden ben kendim acıktığımı söylüyordum.

Beni durmadan yemek yemek için zorlayan annem için bundan büyük sevinç olamazdı... Annem duyduğu sevinçle:

— Allahıma şükürler olsun. "Acıktım" sözünü senin ağzından duydum. Ne mutlu bana! Canının istediğini söyle. Hemen yapayım, dedi.

— Hazırda ne varsa, ondan yerim, dedim.

Annemin gidip dönmesi kısa sürdü. Getirdiklerinden epeyce yedim. Sonunda:

— Bu denli yemem yeter anne! Biraz da akşama yerim, dedim.

— İyi olur, dedi annem.

Bu sırada dayım geldi. Annem "acıktım" dediğimi dayıma müjdeledi. O da çok sevindi. Anneme:

— Sen Zeynep'i bir hafta sonra göreceksin, dedi.

Bir haftayı geride bıraktık. Bendeki yıldırım korkusu azalmıştı. Dayıma:

— Yarın Yenibahçe'ye gidelim mi? diye sordum?

— Sen istedikten sonra elbette gideriz, dedi dayım.

Sabahleyin uyandığımda, zaman bir

hayli ilerlemişti. Yıkandıktan sonra istek duyarak sofraya oturdum. Sofradakilerden, karnım doyuncaya dek yedim. Annemle dayım, yememden mutlu oldular.

Öğlene doğru, annem ve dayımla Yenibahçe'ye gitmek için hazırlandık. Öğlen yemeğimizi, bahçeye yakın olan Tatlıpınar'ın başında yiyecektik. Yola çıkınca, dayım beni kucaklamak istedi. Ben:

— Yavaş yavaş yürümek istiyorum dayı, dedim.

Sevinerek elimden tuttu. Yavaş yavaş yürüyerek Yenibahçeye gittik. Dayım, bahçe kapısının kilidini açtı. Önce ben girdim bahçeye. Buradaki meyve ağaçları daha çoktu ve daha genç görünüyorlardı. Meyve ağaçlarının aralarında küçük fidanlar vardı. Bahçenin çevresi, taştan duvarlarla çevrilmişti. Duvarların üzerine ise dikenli çalılar yerleştirilmişti.

Ben biraz ilerideki büyük bir kayısı ağacının altındaki kulübemsi yeri göstererek:

— Dayı orası ne? diye sordum.

— Orası ballık, dedi dayım.

— Ballık ne demek?

— Arı kovanlarının konulduğu yere "ballık" denir, dedi.

— Şimdi orada arı var mı? diye sordum.

— Evet, dedi dayım. Oraya gidince görürsün.

Hava çok sıcaktı. Yemyeşil bahçenin her yerini gezdik. Sonra ballığa doğru yürüdük. Dayım:

— Kovanın biri oğul veriyor, dedi.

— Oğul ne demek dayı?

— Bir kovanın içindeki arılar çoğalınca, o kovana sığmazlar. Bunların bir kısmı; bir "anaç" arıyla birlikte o kovanı terkederler. Kovana yakın bir ağacın dalına konarak üstüste yığılırlar. Üzüm salkımı gibi aşağıya doğru sarkarlar. İşte o topluluğa "oğul" denir. Biz onları hiç incitmeden, sepet gibi bir şeyin içine pekmez süreriz ve oğulu onun içine alırız. Pekmezi, arılar emsinler de içinde kalsınlar diye süreriz... Arıların tümü sepetin içinde toplanınca, oğulu boş bir kovanın içine boşaltırız, dedi.

— Onları sepete alırken, kovana boşaltırken, arılar sizi sokmuyorlar mı?

— Biz, arılar bizi sokacak diye korkmayız. Arıları da hiç kızdırmayız. Arılar, korkanları ve kendilerini kızdıranları sokarlar...

Bunları konuşarak ballığa yaklaştık. Kovanların ön taraflarındaki boşluk, uçuşan arılarla doluydu. Onlara yaklaştıkça, vızıltı sesi çoğaldı. Ben:

— Korkuyorum! Daha ileri gitmem! Arılar beni sokarlar, dedim.

— Arılar, gelip senin yanında, başında vızıldayarak uçarlarsa, sakın kımıldama! Ellerini, kollarını da sallama! Kımıldayıp da kaçmaya kalkarsan, arıları kızdırmış olursun. İşte o zaman seni sokarlar. Hiç korkmadan olduğun yerde durursan, çevrende biraz dolaşır, sonra da çeker giderler... dedi dayım.

Dayım uçuşan arıların içine girdi. Kovanların yanına kadar gitti. Hangi kovanın oğul verdiğine baktı. Annem yanımda, korkmuyormuş gibi duruyordu ama, ürkek bakışlarından onun da korktuğu belli oluyordu.

Kalabalık arılar uçarak, ballığın yanındaki kayısı ağacının dallarına doğru yükseliyorlardı. Dayım başını kaldırıp ağacın dallarına baktı. Yukarıdaki bir dalı göstererek:

— İşte oraya konuyorlar, dedi.

Gösterdiği yerde, yumruk büyüklüğünde bir arı topluluğu gözüküyordu. Topluluk gitgide büyümeye başladı. Birbirlerinin üzerlerine konarak salkımı büyütüyorlardı. Yanımıza dek gelip giden arılar da vardı. Hem korkuyor, hem de kımıldamadan yerimizde duruyorduk annemle.

Ben bulunduğum yerden uzaklaşarak, gidip bir yere oturmak istedim. Tam bu sırada bir arı gelip vızıltılarla başımın üzerinde dolaşmaya başladı. Beni sokacak diye çok korktum. Korkumdan ne yapacağımı şaşırdım. Ellerimi sallayarak arıyı uzaklaştırmaya çalıştım.

Annem ve dayım:

— Sakın kımıldama! Ellerini, kollarını sallama, diye seslendiler...

Ben ne yapacağımı şaşırmıştım. Geriye dönüp kaçmaya başladım. Arı başımın üstünde, vızıltısını artırarak beni kovalıyordu. Vızıltısı çok yakından geliyordu. Birden ön tarafıma geçti. Elimle vurup kaçırmak istedim. Sağ gözümün kapağında dayanılmaz bir acıyla sarsıldım. Tüm gücümle:

— Arı beni soktu, diye çığlık atarak tepinmeye başladım.

Dayımla annem koşarak yanıma geldiler. Dayım:

— İşte arının iğnesi! Kımıldama ki zehiri dağılmadan iğneyi çıkarayım, dedi.

Ben sesimin çıktığınca, çığlık atıp ağlıyordum. Arının soktuğu yer çok acıyordu. Dayım, çıkardığı arının incecik iğnesini bana gösterdi.

— Şimdi birazdan acısı diner, dedi.

Tatlıpınar'da ayran yapmak için yoğurt getirmiştik. Annem iğnenin yerine yoğurt sürerek:

— Yoğurt acısını alır, dedi.

Ben bir taşın üzerine oturmuş:

— Çok acıyor, diyerek ellerimi sallayıp duruyordum.

Acı yavaş yavaş azalırken göz kapağımın şiştiğini anladım. Annemden aynasını istedim. Annem:

— Korkacak bir şey yok! Gözkapağın biraz şişti. Hepsi o kadar, dedi.

Annem ilkin aynayı vermek istemedi. Ben istemekte direnince, vermek zorunda kaldı. Aynaya bakınca, çok şaşırdım. Gözümün üst kapağı bir balon gibi şişmişti. Şişlik alt kapağa da geçmişti. Gözüm kapanacak gibiydi.

Ağlayan bir sesle, annemle dayıma:

— Haydin eve gidelim! Ben burada daha fazla duramam, dedim.

Arılar üstüste konmuş, yukarıdan aşağıya

doğru büyükçe bir salkım oluşturmuşlardı. Dayım:

— Siz yavaş yavaş eve gidin. Ben oğulu oradan alıp kovana koyayım da öyle geleyim, dedi.

Biz yavaş yavaş eve giderken, yolda karşılaştıklarımız şaka yollu:

— Ne o İstanbul Kızı? Arının balı tatlı ama, iğnesi acı. Sana bizim köye hoşgeldin demişler, gibi sözlerle takılıyorlardı.

Eve gelene dek gözümün acısı azaldı. Şişlik yavaş yavaş inmeye başladı. Evde anneme, uyuyacağımı söyledim. Annem:

— Bir şeyler ye de, öyle uyu, dedi.

Yemeyeceğimi söyleyerek divanın üzerine uzandım. Çok geçmeden uyumuşum. Uyandığımda, odada kimse yoktu. Gözlerimi iki üç kez açıp kapadım. Açıp kapamada zorluk çekmedim. Kalkıp duvarda asılı duran aynaya bakındım. Gözümün şişi epeyce inmişti.

Sabahleyin uyanır uyanmaz, ilk işim aynanın karşısına geçmek oldu. Gözümün üst kapağında az bir şişlik kalmıştı. Bu durum beni çok sevindirdi.

Arının sokmasından üç gün sonraydı... O gün oldukça dinç kalkmıştım yataktan. Kahvaltımı istek duyarak yaptım. Annem gülerek:

— Arının seni sokması işe yaradı galiba, dedi.

— Önceleri hiç açlık duymuyordum. Şimdi ise acıkıyor, yemek yeme isteği duyuyorum anne, dedim.

— Yemek yeme ihtiyacını yaylada daha çok duyacaksın, dedi annem.

— Neden? diye sordum anneme.

— Havası tertemiz, suları soğuk ve iştah açıcı da ondan. Suyu öyle bir su ki, yediğini hemen hazmettiriyor. Çok geçmeden yine acıkıyorsun. Yemek yeme ihtiyacı duyuyorsun!...

— Yaylaya ne zaman gideceğiz anne?

— Onu dayın bilir. Herhalde birkaç güne değin gideriz. Öyle zannediyorum ki, yaylayı çok seveceksin...

— Yaylanın neyini çok severim anne?

— Her şeyini seversin. Başta doğanın güzelliğini çok seveceksin. Koyunları, kuzuları, kuş seslerini, çobanların kaval çalmalarını, sütünü, yoğurdunu, peynirini, kaymağını; kısacası her şeyini seveceksin...

— Öyleyse hemen gidelim yaylaya.

— Dedim ya, ne zaman gideceğimizi dayın bilir. Bu isteğini dayına söylersen, o seni kırmaz. Bir an evvel götürür. Tabii havası ısınmışsa. Isınmamışsa, götürmez.

— Anne?

— Efendim kızım?

— Senin dedemle ninemi göreceğin gelmedi mi?

— Gelmez olur mu? Onları görmek için can atıyorum. Sen rahatsız olduğun için, bir de havaların serin olmasından dolayı bu isteğimi frenlemek zorunda kaldım. Yoksa onları görmeden durabilir miydim? Öyle sanıyorum ki, bundan sonra yaylada da pek soğuk olmaz.

Dayım o gün bir iş için bir yere gitmişti. Akşama ancak dönecekti. Akşamı zor ettim. Akşam eve geldiğinde, gidip dayıma sarıldım. Sonra:

— Dayıcığım yaylaya ne zaman gideceğiz? diye sordum.

"Dayıcığım" demem çok hoşuna gitmişti. Gülerek:

— İstanbul Kızı, İstanbul siyaseti yapmaya başladın, dedi.

Dayımın sözlerine gülüştük. Dayım:

— Bir günlük daha işim var. Allah izin verirse, yarın değil, öbür gün gideriz. Yaylada da havalar ısınmış, dedi.

Bu sözlere sevinerek dayımın yanaklarından öptüm. Bu karar, annemi de çok sevindirdi...

Yaylaya gitmek için büyük bir istek duymaya başladım. Öbür gün annem ile yengem hazırlıklara başladılar. Yaylaya götüreceğimiz yataklar ve eşyalar bir kenara konuldu. Artık kendimi çok iyi hissediyordum. Halsizliğim çok azalmıştı. Neşem yerindeydi. Yemek yedikten üç dört saat sonra acıkıyordum... Öksürmem de çok azalmıştı. Ağrıyan bir yerim yoktu. İçimden, hiç durmadan gülüp oynamak geliyordu.

O gün annemle birlikte, geldiğimiz günden bu yana ilk defa köyü dolaştık. Akşama kadar epeyce gezdik. Köyün şu ana kadar görmediğim yerlerini gördüm. Adım "İstanbul Kızı" kalmıştı. Köyü gezerken karşılaştıklarımız, annemle hal hatır sorduktan sonra, bana dönüyor:

— Sen nasılsın İstanbul Kızı? diye soruyorlardı. Ben de:

— Teşekkür ederim. Siz nasılsınız? diyordum.

O gün akşama kadar, hemen hemen bütün köyü gezdik. Kendimi çok iyi hissediyordum. Yaylada daha da iyi olacağımı hissediyordum. Köylülerin bana "İstanbul Kızı" diye isim takmaları annemin çok hoşuna gitmişti. O da bundan sonra bana gülerek "İstanbul Kızı" demeye başladı. Sık sık:

— İyisin değil mi İstanbul Kızı? diye gülerek soruyordu bana.

— Merak etme, iyiyim anne. Artık sen beni düşünme! Yaylada daha da çok iyi olacağım, diyordum.

Yaylaya gideceğimiz gün, daha ilk horozlar öterken uyandım. Bir zaman pencereden acele acele işe gidenleri izledim. Sonra annemi uyandırdım. Annem:

— Daha erken, biraz daha uyuyalım İstanbul Kızı, dedi.

— Ben daha fazla uyuyamam. Kalkalım anneciğim, dedim.

Annem, beni kırmamak için:

— Peki kalkalım, dedi.

Çabucak giyindim. Hazırlanmak için acele ettiğimi gören annem:

— Neden bu denli acele ediyorsun kızım? diye sordu.

— İçimde büyük bir sevinç var anne! Sevinçten uçacak gibiyim. Yaylayı görmek için sabırsızlanıyorum, dedim.

— Sana hak veriyorum ama, bu kadarı da fazla.

Annem kahvaltıyı hazırlarken dayım geldi:

— Biraz çabuk olun ki, sıcağa kalmayalım, dedi.

Yengem o sırada yayla hazırlığına devam ettiği için, annem sofrayı kurdu. Dayım, annem ve ben sofraya oturup atıştırmaya başladık. Bu sabah çok iştahlıydım. Bunu gören dayım, bana takılarak şakayla:

— Karnını iyice doyur. Sonra yaylada aç kalırsın, dedi.

Bu sözlere üçümüz de güldük. Önce dayım kalktı sofradan.

— Ben gidip hayvanları hazırlayayım. Siz sofrayı kaldırdıktan sonra, aşağı inersiniz, dedi.

Sofrayı toplamada anneme yardım ettim. İşimiz bitince, aşağıya ahırın kapısının önüne indik. Dayım ile yengem oradaydılar. Yengem atın gemini tutuyordu. Dayım, eşeği semerlemiş, şimdi de atı eyerliyordu. Yaylaya bunlarla gidecektik. Yol bir buçuk saat kadar çekiyormuş dayımın söylediğine göre. Yaylaya götüreceğimiz eşyalar balyalanmış, ayrıca bir heybe dolusu yiyecek eşya da hazırlanmıştı.

Dayım atın eyerini yerleştirince, eşeğin yanına geldi. Önce heybeyi, sonra da yatağı, eşeğe yükleyerek, semerin üzerine bağladı.

Hayvanlar hazırdı artık. Annem eyerin üzengisine basarak, bir sıçrayışta ata bindi. Dayım beni kucaklayıp annemin önüne oturttu. Yengeme, "Allahaısmarladık" dedikten sonra, orada bizi izleyenlere el sallayarak hareket ettik.

Eşek önümüzdeydi. Dayım sağ eliyle atın gemini çekiyordu. Güneş doğalı epey olmuştu. Köyden çıktıktan sonra, önümüze bir yokuş çıktı. Dayım:

— Burada attan inmeniz gerekecek, dedi.

Beni kucaklayarak attan indirdi. Annem kendi kendine attan inmeyi başardı. Dayım:

— İstanbul Kızı, şu yukarıdaki tepeciğe dek yürüyebilecek misin? diye sordu.

— Yürürüm dayıcığım, dedim.

Yürümeye başladık. Yol taşlık ve çok kötüydü. Arada bir, ayağım bir taşa takılıyor, düşecek gibi oluyordum. Yokuşun yarısına gelince dayım:

— Yoruldun mu İstanbul Kızı? diye sordu.

— Şimdilik yorulmadım dayıcığım, dedim.

— Bu yokuş fazla dik değil. Asıl yokuşu, yaylaya çıkarken göreceksin...

— Ben yorulursam, siz de yorulacaksınız demektir. O zaman ne yaparız? diye sordum.

— Oraya varınca ne yapacağımızı görürsün, dedi dayım.

Biraz daha yürüdükten sonra, çevresi söğüt, kavak, selvi ağaçlarıyla dolu bir dereyi takip etmeye başladık. Yol, derenin kenarından yukarı doğru devam ediyordu. Ağaçların arasından şarıl şarıl sular akıyordu aşağıya doğru. Bülbüller ve çok çeşitli kuşlar şakıyorlardı. O kadar çok ağaç vardı ki, çevremizi göremiyorduk. Ağaçların altında yemyeşil çayırlar gözüküyordu.

Ağaçların bittiği yerde, bir su kaynağı vardı. Dayımla annem, avuçlarını doldurup doldurup su içtiler. Dayım:

— Haydi gel sen de su iç, dedi.

— Ben terliyim, içersem hasta olurum, dedim.

Dayım gülerek:

— Sen bizden akıllısın İstanbul Kızı, dedi. Biraz daha yürüyünce, yokuş bitti.

Dayım atı durdurdu ve büyükçe bir taşın yanına çekti. Annem taşın üzerine çıktı. Hiç zorluk çekmeden ata bindi. Dayım beni yine kucaklayıp annemin önüne oturttu. Eşeğe "çoo!" diyerek, atın gemini çekmeye başladı...

Bir tepeciğin üzerinde durduk. Geriye baktığımızda, köy, önümüze serilmiş gibi görünüyordu... Köyün görüntüsü çok güzeldi. Köy, toprak damlı evleriyle bahçelerin ortasında yer almıştı. Köyün ön tarafındaki düzlükte yemyeşil tarlalar uzanıyordu. Yeşillikler arasından, uzayıp giden patika yollar gözüküyordu. Tarlaların arasındaki arklarda akan sular parıldıyordu. Bu güzel görüntüyü doya doya izledim.

Biraz ilerde, yolumuz sağa dönünce, köyün o güzel görüntüsü kayboldu. Yol biraz ilerideki ardıç ağaçlarıyla kaplı yüksek bir tepeye doğru gidiyordu.

Yolun her iki yanında da yeşillikler uzanıyordu. Yeşilliklerin içinde renk renk çiçekler açmıştı. Bu güzelliklere baka baka ilerlerken uykum geldi. Bir ara, annem belimden sıkıca yakalamasa düşecektim. Tam gözümü açtığım sırada, önümüzdeki eşek, yan tarafa doğru ürktü. Çifteler atarak koşmak istedi. Büyük bir kayaya çarparak yere yıkıldı. Yataklar ve heybe üzerinden uçtular. Heybedeki kapkacak, gürültüyle dağılıverdi. Dayım hayretler içinde sağa sola bakınmaya başladı. Birden:

— Yılan, kocaman bir yılan! diye bağırdı. At görür de ürker diye, hemen bizi attan indirdi. Annemle ben çok korkmuştuk!...

Dayım aceleyle atı yan tarafa çekti. Atın gemini annemin eline verdi:

— At ürkerse, sakın gemini bırakmayasın, dedi.

Ben annemin yanındaydım. Eşek arkaüstü düştükten sonra, hemen döndü. Biraz sonra da ayağa kalktı. Sırtında yük kalmadığı için, ayağa kalkması kolay olmuştu. Annemle ben yılanı görmek için çevremize bakıyorduk. Dayım yolu göstererek:

— Şu ileriye, yolun üzerine bakın, dedi.

Gösterdiği yere bakınca, korkum daha da arttı. Yılan ön tarafı yukarıda, arka tarafı daireler şeklinde kıvrılmış, tam karşımızda, yolun ortasında duruyordu. Çatallı dilini uzatmış, tıslama sesleri çıkarıyordu. Sanki bize; "Bu yoldan geçemezsiniz, geri dönün," der gibiydi. Islığa benzer sesler çıkarıyordu.

Eşek de, at da, biz de yolun üst tarafındaki otların içindeydik.

Dayım çok korktuğumuzu görünce:

— Korkmayın! Yılanlar otlu yerlerde iyi sürünemezler. Onun için, bu yılan yanınıza gelmez, diyerek bizi rahatlatmaya çalıştı.

Yılanın yolumuzun üzerinden çekilmesi için epeyce bekledik. Dayım arada bir taş atıyordu ki, korksun da deliğine gitsin. Ama yılanın atılan taşlara aldırdığı bile yoktu. Dayım da, biz korkarız diye, daha fazla üzerine gidemiyordu... Yılan, taş atıldıkça ıslığını artırıyor, çatal dilini titretiyordu. Dayım yılandan korkmuyordu ama, bizi düşünüyordu. Bize:

— Taşlarla yılana hücum edip onu öldürebilirim ama, yılan sizden tarafa gelirse korkarsınız, dedi.

— Dayı, o kocaman yılan bize yol vermek istemiyor. Köye geri dönelim, dedim.

Dayım gülümseyerek:

— Sen merak etme İstanbul Kızı! Şimdi bir çare buluruz, diye yanıtladı. Köye geri dönersek, herkes bize güler. Mutlaka bu engeli aşıp yaylaya gitmeliyiz.

Bu sırada, aşağı tarlalardan gelen bir türkü sesi duyduk. Dayım sesin sahibini tanıdı.

— Bu bizim köyün kır bekçisi Mıstık, dedi. O daima silah boynunda olduğu halde kırları, tarlaları dolaşır. Ben şu kayanın başına çıkayım da onu görünce, acele buraya çağırayım.

Alt taraftaki büyük kayaya doğru koştu. Ben ayakta durmaktan yorulmuş, büyük bir taşın üzerine oturmuştum. Annem de ben de korkumuzdan dönüp yılana bakamıyorduk... Dayımın kayanın üzerinden aşağılara doğru el ettiğini, bir taraftan da:

— Mıstık, çabuk buraya gel! diye seslendiğini duyduk.

Çok geçmeden, dayımla kır bekçisinin bize doğru koştuklarını gördük. Kır bekçisi önce bize, "Hoşgeldiniz" dedi. Sonra da:

— Tamam! Ben iki gün önce az ileride, önüme çıkan kocaman bir yılanı vurmuştum. Bu yılan da, vurduğum yılanın eşi olmalı. İyi ki size saldırmamış. Onu mutlaka öldürmeliyiz. Öldürmezsek, buralardan geçen birini ısırıp zehirleyebilir, dedi.

Tüfeğini iki eliyle öne tutup, yılana görünmeden ilerlemeye başladı. Sıcak iyice bastırmıştı. Biz büyük bir heyecan içinde kır bekçisini izliyorduk... Yılana yaklaşınca, küçük bir kayanın arkasına yattı. Tüfeği kayanın üzerine sürerek nişan aldı. Yılan aynen gördüğümüz gibi yerinde duruyordu. Belki o da bizi izliyordu...

Heyecandan ne yapacağımı bilmiyor, korku içinde bir oturup, bir kalkıyordum. Birden ortalığı çınlatan bir tüfek sesi duyuldu. Yılanın yukarı doğru atılarak yere düştüğünü gördük. Dayımla kır bekçisi yılanın yanına koştular. Biz karşıdan, kocaman yılanın çırpındığını görüyorduk. Az sonra yılanın çırpınması durdu. Dayım:

— Yılan öldü. Gelin siz de görün! diye seslendi.

Ben korkumdan oraya gidemedim. Annemden atın gemini aldım.

— Ben atı tutayım. Sen git de yılanı gör, dedim.

Annem hızlı hızlı dayımların yanına gitti. Oraya varır varmaz:

— Ay! Bu ne denli büyük bir yılan! diye bir çığlık attı.

Annemin çığlığını duyunca, kendi kendime, "İyi ki oraya gitmedim!" dedim.

Yılanın ölüsünü, tüfeğin ucuyla sürüyerek yoldan uzaklaştırdılar. Uzaklaştırmalarının amacı, yaylaya gidip gelen çocukların, yılanı görüp de korkmamaları içindi. Dayımla kır bekçisi, yılanı otların arasına sakladıktan sonra, annemle birlikte yanıma geldiler.

Dayım, biraz ileride otlamakta olan eşeği, eşyaların yanına getirdi. Kır bekçisi dayıma yardım etti. Çabucak heybeyi ve yatakları semerin üzerine yüklediler. Annemle yine ata bindik. Kır bekçisine, "Teşekkür ederiz!" diyerek yaylaya doğru hareket ettik. Giderken yılandan söz açmak istediler. Onlara:

— Ben korkuyorum. Başka şeyler konuşun! dedim.

Böylece yılanla ilgili konuşmaları engelledim. Önümüzdeki dönemecin yükseltisine gelince alt tarafta uzanan bir dere çıktı karşımıza. Derenin karşı yamacında, bembeyaz duran bir alan vardı.

— Dayı, oradaki beyazlık nedir? diye sordum.

— O gördüğün beyazlık kardır İstanbul Kızı, dedi dayım. Bakıyorum da, karı bile tanımıyorsun...

— Neden orada kar var da, başka yerde yok dayı?

— Orası hem kuzeye bakıyor, hem de güneş almıyor. Bunun için oradaki kar da erimeden kalıyor.

— Şimdi yanında olsak biraz yerdik.

— Bir gün yayladan buraya gelip kar yiyebilirsiniz.

— Yayla buraya yakın mı?

— İşte şu ilerideki tepenin üzerindeki düzlükte.

— Öyleyse yaylaya yaklaştık.

— Evet İstanbul Kızı, yaklaştık. Yolumuzun en zor çıkılan yerine gelmek üzereyiz. Biraz sonra yine attan ineceksiniz. O yokuşu yürüyerek çıkmak bile zordur. Bakalım sen o yokuşu çıkabilecek misin İstanbul Kızı?...

— Siz çıkarsanız, ben de çıkarım.

— Biraz sonra çıkıp çıkamayacağını göreceğiz.

Dik bir yamacın ortasından geçen yolu bitirdik. Sol tarafımızda yüksek bir tepe vardı. Sağ tarafımız ise uçurumdu. Çok aşağıda bir dere vardı. Ben arada bir:

— Anne, beni iyi tut ki düşmeyeyim, diyordum.

Korkudan dere tarafına bakamıyordum... Uçurum korkunç görünüyordu.

Tam yayla yokuşunun başladığı yere gelince, dayım önce beni attan indirdi. Sonra da annemi indirdi. Yokuş çok dikti. Çok taşlık, çok da kaygandı. Attığımız adımlar, taşların kaymasıyla geri geri geliyordu... Zarzor ilerleyebiliyorduk. Dayım, atın gemine asılmış çekiyordu. At bile adımlarını zor atıyordu.

Yokuşun yarı yerine gelince:

— Yoruldun mu İstanbul Kızı? diye sordu dayım.

— Çok yorulmadım ama, biraz dinlensek iyi olacak, dedim.

En önde giden eşeği durdurup taşların üzerine oturduk. Biraz dinlendikten sonra tekrar kalkıp yürümeye başladık. Ben sık sık düşer gibi oluyordum. Annem ökçeli ayakkabıyla yürüdüğü için, onun yürümesi de zor oluyordu. Çok dikkat etmemize rağmen, iki kez düştük yine de. Neyse ki hafif sıyrıklarla atlattık bunları. Yokuş bittiğinde, biz de bitmiştik... Adım atacak halimiz kalmamıştı. Üçümüz de ter içinde kalmıştık.

Biraz dinlenerek, terimizi gidermeye çalıştık. Önümüzde yemyeşil bir düzlük uzanıyordu. Düzlük yemyeşildi ve renk renk çiçeklerle süslenmişti. Biraz ilerleyince; nane, kekik ve çiçek kokularını bastıran başka bir kokuyla karşılaştık. Dayıma:

— Değişik bir koku gelmeye başladı. Bu koku neyin kokusu? diye sordum.

Dayım düzlükteki büyüklü küçüklü çok sayıda ağacı göstererek:

— Bu gördüğün ağaçların tümü ardıç ağacı. Senin sorduğun koku, işte bu ağaçların kokusu, dedi.

Yaylaya yaklaştığımız için, ata binmek istemedik. Biraz yürüdükten sonra, ileride top top, kocaman kocaman ağaçlar gördük. Ağaçların aralarında, duvarları taşla örülmüş, kulübeleri andıran evler gözüktü. Ben evleri göstererek:

— Dayı, yayla orası mı? diye sordum.

— Evet İstanbul Kızı, orası, dedi dayım.

— Neden ismimi söylemiyorsun da, "İstanbul Kızı" diyorsun dayı?

— Bu isim sana daha güzel yakışıyor da, onun için İstanbul Kızı diyorum. Bu köyden gitmeden, bu isimden kurtulamazsın. Böyle söylüyorum diye, bana kızıyor musun yoksa?

— Hayır dayı. Neden kızayım. İsim kötü bir isim değil ki... Bu bir gerçeği dile getirmiş oluyor. Biz de İstanbul'da bir köylü kızı görsek, ona: "Köylü Kızı" diyoruz.

Konuşa konuşa yayla evlerinin önüne geldik. O gün geleceğimizi biliyor olacaklar ki, epeyce bir kalabalık, yayla evlerinin başladığı yerde, bizi karşılamak için toplanmıştı. Karşılayanların en önünde dedemle ninem vardı. Annem sevinç gözyaşlarıyla kendini onların kollarına attı. Ben büyüklerin ellerinden öptüm. Çocukların ellerini sıktım. Annem kadınlara sarılarak hasretliğini gidermeye çalıştı. Yaşlı erkeklerin ellerini öptü.

Sonunda yayla evinin içine girdik. Dayım gülümseyerek:

— Anne, sıcaktan yanıp kavrulduk. Acele soğuk ayran yetiştir, dedi.

Anneannem, öbür odaya gidip, büyük bir tas dolusu ayranla geri geldi. Doldurduğu bardağı dayıma uzattı. Dayım gülerek:

— Anne, önce İstanbul Kızı'na ver, dedi.

Oradakilerin tümü bu söze güldüler. Ayıp olur diye, ben ilkin ayranı almak istemedim. Hepsi birden "al, al!" diye ısrar edince, almak zorunda kaldım. Hakikaten ben de çok susamıştım. Terim de soğuduğu için, soğuk ayranı üç kez ara vererek içtim. Ayran çok hoşuma gitti. Anneanneme:

— Teşekkür ederim, dedim.

— Yarasın, dedi anneannem.

Ninem, anneme de bir bardak ayran verdi. Annem bir ara vererek bitirdi ayranı. Dayım da bir dikişte dipledi bardağı.

Büyükler başbaşa konuşurlarken ben:

— Anne biraz dışarıya çıkabilir miyim? dedim.

Annem çantasından şeker kutusunu çıkardı:

— Önce şeker tutma görevini yerine getir,

dedi.

Ben ilkin büyüklere tuttum şekeri. Sonra kapının yanında bekleyen çocuklara tuttum. Şeker tutma işi bitince, dayım kızlara döndü:

— Zöhre, diye seslendi.

— Buyur baba, dedi Zöhre.

— Bu İstanbul Kızı'nı biraz gezdirin, dedi.

Zöhre benden büyüktü. Oraya toplanmış olan kızlarla birlikte dışarıya çıktık. Ben Zöhre Ablayla yanyana yürüyordum. Diğer kızların kimisi bizim önümüzde, kimisi arkamızda yürüyorlardı. Yanımıza, kabuklu fındığın renginde küçük bir köpek geldi. Beni koklamaya başladı. Ben korkarak:

— Bu köpek beni ısırır mı Zöhre Abla? diye sordum.

— O bizim köpeğimiz... Hiç korkma, bir şey yapmaz. Fındık, o yabancı değil, dedi Zöhre Abla. Fındık çok yaramaz bir köpek. Bizim evin çevresinde uçuşan kuşlara bile izin vermez. Bir yabancı gördü mü, hemen saldırıp ısırır.

— Ya beni de ısırırsa, dedim korkarak.

— Senin yanında ben varım. Bunun için seni yabancı görmez.

Önümüzde yürüyen kızların birinin elinde

sac ekmeği dürümü vardı. Birazını bölüp bana uzatarak:

— Bu dürümü azar azar bölüp önüne at ki sana alışsın, dedi.

Kızın dediği gibi, dürümü koparıp koparıp Fındık'ın önüne attım. Fındık, elimdeki dürüm bitene dek, önüne attığımı yedi ve daha var mı diye elime baktı. Dürüm bitince, yanımızdan ayrılıp ön taraflarda yürümeye başladı.

Konuşa konuşa yeşil otların içindeki yayla evlerinin aralarında, çevrelerinde dolaştık. Az ileride köpükler saçarak akan bir çeşme vardı. Hep birlikte çeşmenin yanına gittik. Ağaçtan yapılmış bir oluktan gürülgürül akan su, taştan oyulmuş bir yalağa dökülüyordu sular... O yalaktan da, aşağıya doğru sıralanmış beton yalaklara geçiyordu sular. Kızlar su içmemi istediler. İki avucumu birleştirip oluğun altına uzatmamla geri çekmem bir oldu. Kızlar gülüştüler. Ben:

— Su amma da soğukmuş, dedim. Tekrar avucumu uzattım. Buz gibi soğuk sudan avucuma dolanı içtim. Su o kadar güzeldi ki, üç kez üstüste içmeme rağmen, yine de suya doyamadım. Herkes sırasıyla suyunu içti.

Bir evin yanındaki kocaman bir alıç ağacının dalına kurulmuş salıncağın yanına geldik. Yine bana öncelik tanıdılar. Ben sallanmak için salıncağa bindim. Zöhre Abla beni sallamaya başladı. Çok geçmeden bizi yemeye çağırdılar.

Çok acıktığım için, yemeğimi iştahlı yedim. İştahla yemem herkesi mutlu etti. Sofradan kalkarken annem:

— Maşallahın var İstanbul Kızı, dedi.

Gülüştük. Ben tatlı bir sesle:

— Sen de başladın anne, dedim.

— Bu isim hepimizin hoşuna gidiyor da ondan, dedi dayım.

Dedem gülümseyerek:

— Zeynep, yaylaya geldiğine sevindin mi? diye sordu.

— Çok sevindim dede, dedim.

— Biz de çok sevindik, dedi anneannem.

Biraz önce birlikte gezdiğimiz kızların bazıları gelmiş, kapının önünde beni bekliyorlardı. İçlerinden biri:

— Haydi gidip gezelim İstanbul Kızı, dedi.

Ayağa kalktım. Oradakilere:

— Gidebilir miyim? diye sordum.

— Sakın uzağa gitmeyin, dedi annem.

Dedemle dayım:

— Zöhre, sen de birlikte git, dediler.

Evden çıktık. Biraz ilerledikten sonra,

Zöhre Ablam:

— Haydin Gelinkayası'na gidelim, dedi.

— Gelinkayası uzak mı? diye sordum.

— Hemen şuracıkta, dedi Zöhre Ablam.

Oraya dek, bana İstanbul'la ilgili sorular sordular. Ben de sorulanları yanıtladım. Biraz sonra Gelinkayası'na geldik. Çok yüksek yalçın kayaların arasındaki bir yerdi, Gelinkayası denilen yer. Yalçın kayaların bittiği yerde, büyükçe yemyeşil bir düzlük ötelere dek uzanıyordu.

Gelinkayası'nın yanındaki küçük düzlüğe oturduk. Alt tarafımızda uzanan büyük düzlüğü seyretmeye başladık. Ben Gelinkayası ismini merak etmiştim. Zöhre Abla'ya:

— Neden buraya Gelinkayası demişler, diye sordum.

— Bundan çok çok önceleri, bir gelin, kendini bu kayalardan aşağı atmış.. Onun için bu adı vermişler buraya...

— Gelin ölmüş mü?

— Elbette ölmüş. Parça parça olmuş.

— Neden kendisini bu kayalardan aşağı atmış o gelin?

— Bir düşmanı, adını kötüye çıkarmış da onun için. Buraları güzel mi? Sen şimdi onu söyle.

— Güzel, hem de çok güzel!...

— Peki İstanbul mu güzel? Buraları mı?

— Buraları daha güzel, dedim.

Aşağıdaki düzlüklerde kuzular, koyunlar yayılmış otluyorlardı. Hayvanların su içmeleri için yapılmış küçük göllerin suları parıldıyor, kaval sesleri, köpek havlamaları birbirine karışıyorlardı. Keklik seslerine, kartal seslerine, üveyik seslerine, bülbül seslerine doyum olmuyordu... Yaylanın her yeri hoştu ama, en hoş yeri de burasıydı... Sabahtan akşama dek, buradan görülen güzelliklere baksam yorgunluk, bıkkınlık duymazdım. Birkaç kez:

— Haydin gidelim, yeter burada kaldığımız, diyenler oldu.

Ben her seferinde:

— Biraz daha duralım, dedim.

Akşamın yaklaştığı, güneşin renginin kızıllaşmasından anlaşılıyordu. Koyun ve kuzu sürülerini toplamaya çalışan çobanların koşuşturmalarını görebiliyorduk. Akşam ağıllara kolmak için sürülerini kopluyorlardı. Zöhre Ablam:

— Haydi İstanbul Kızı, artık gidelim. Geç kaldık, dedi. Şimdi iş zamanı. İşimizi zamanında yapalım ki, yarın yapacağımız gezimize izin versinler.

Ayağa kalktık. Çayırlıklardan çiçek toplaya toplaya yaylaya döndük.

Ben çok mutluydum. Benim neşeli, mutlu olmam, yayladakileri de mutlu ediyordu.

Akşam yemeğimizi hep birlikte yedik. Necati kuzuları otlatıyordu. Yemekten sonra bana:

— Haydin kuzuların yanına gidelim, dedi.

Annemden izin istedim. Annem:

— Çabuk gelirseniz olur, dedi.

Zöhre Ablam, ben ve Necati, yayla evlerinin bitimindeki taş duvarlarla çevrili "peğ" denilen yere geldik. Gökte dolunay vardı. Ay, her tarafı gündüz gibi aydınlatıyordu. Kuzular peğin içindelerdi. Kimisi yatmış, kimisi ayaktalardı. Kuzuların içine girdik. Ben bazılarını sevip okşadım. Sonra peğin önüne çıkıp yanyana oturduk.

Manzara çok güzeldi... Gece kuşları karşılıklı ötüşüyorlardı. Bazıları uzaklardan acı acı haykırıyorlardı... Çeşmenin yanından kurbağa sesleri geliyordu. Uzaklardan gelen köpek havlamalarına; yanımızdaki Fındık ince sesiyle, "Hav, hav..." diye karşılık veriyordu. Çobanların kaval seslerine doyum olmuyordu. Necati, geceleyin kuzuların yanında yattığını söyledi. Ben:

— Yalnız kalmaktan korkmuyor musun? diye sordum.

— Neden korkayım! Korkmuyorum, dedi.

— Peki buralarda ayı, kurt yok mu?

— Var, ama buralara dek gelemezler.

— Neden gelemezler?

— Yaylada çok köpek var da onun için.

Bir hayli konuştuk. Necati:

— Bugün bir keklik yuvası buldum. İçinde beş tane de yumurtası var. Yarın, benim kuzuları otlattığım yerlere gelin de, yuvayı size göstereyim. Yuvanın olduğu yerlerde çok da mantar oluyor. Hem yuvayı görürsünüz, hem de mantar toplarsınız, dedi.

Necati'nin daha sözünü bitirmemişti ki:

— Amma da derin sohbete dalmışsınız, diyen bir ses duyduk.

Geri dönüp baktığımızda, bu sesin dayıma ait olduğunu anladık. Dayım:

— İstanbul Kızı, hâlâ uykun gelmedi mi? diye sordu.

— Daha gelmedi dayı, dedim.

— Haydin bakalım, yatma zamanı geldi, geçiyor bile. Yarın kaldığınız yerden devam edersiniz. Ben erkenden hayvanlarla köye döneceğim. Zamanında yatalım ki, erken kalkabileyim, dedi.

Necati kuzuların yanında kaldı. Biz eve gidip hazırlanmış olan yataklarımıza yattık. Çok yorgun olduğum için, yatar yatmaz uyumuşum...

Sabahleyin geç uyandım. Uyandığımda herkes ayaktaydı ve işlerini yapıyordu. Anneannem evin önündeki alıç ağacının bir dalına asılı olan yayığı çalkalıyordu. Ben hemen havlumu, fırçamı, diş macunumu, el sabununu alıp çeşmenin başına koştum. Fındık bana çabuk alışmıştı. O da benimle birlikte geldi. Yıkanıp geri dönünce, kahvaltımı yaptım. İştahım çok iyiydi. Ben yedikçe, süt içtikçe; annem çok seviniyordu. Gülerek:

— Maşallahın var İstanbul Kızı, sen benden de çok yemeye başladın. Bu temiz hava, bu tatlı ve soğuk su, bu beslenme seni turp gibi sağlam yapacak, dedi.

— Anne, şimdiden kendimi çok iyi hissediyorum, dedim.

— Birkaç gün sonra, daha da iyi olacaksın, dedi annem...

Kahvaltımızı, yayık çalkalanan yerin yakınında yapıyorduk. Anneannem yorulmuş olacak ki, yerine Zöhre Ablam geçti. Ben hemen Zöhre Ablanın yanına gittim. O bana:

— Haydi gel, biraz da sen yayık çalkala

bakalım, dedi. Bakalım becerebilecek misin?

Onun yerine geçtim. Zöhre Ablam gibi yayığı itip çekmeye çalıştım, ama başaramadım... Anneannem, annem, Zöhre Abla bana güldüler. Annem:

— Haydi Zöhre, sen geç yayığın başına, dedi.

Yayık işi bitince, anneannemle anneme; Zöhre Ablamla birlikte, Necati'nin kuzuları otlattığı yere gitmek istediğimizi söyledim. Anneannem:

— Gidin ama, akşam yaklaşırken burada olmaya çalışın. Öğlen azığınızı da götürün ki, Çobanpınarı'nın başında yiyesiniz. Çobanpınarı'nın suyu, size bolca yemek yedirir. Azığınızı çok alın, dedi.

Annem hemen yiyecek bir şeyler hazırladı. Bir bohça yapıp Zöhre Ablamın eline verdi. "Hoşçakalın!" diyerek oradan ayrıldık. Fındık da bizimle birlikte geliyordu. Fındık önden gidiyor, yerleri koklayarak koşup duruyordu. Aşağı düzlüğe yaklaşmıştık ki, bir havlama sesi duyduk. Zöhre Abla:

— Tavşana bak, tavşana! diye bağırdı.

Tavşan yokuş yukarı kaçıyor, Fındık havlaya havlaya onu kovalıyordu. Durup onları izlemeye başladık. Tavşan arayı bir hayli açtı. Tavşan, Fındıktan çok hızlı koşuyordu. O anda, tavşanın üst tarafında uçan büyük bir kartal belirdi. Tavşan kartalı görünce, korkudan ne yapacağını şaşırdı. Bize doğru koşmaya başladı. Fındık'la karşı karşıya geldiler. Fındık tavşanın üzerine atlamak isterken, tavşan yön değiştirdi. Kartal kanatlarını kısıp acı sesler çıkararak tavşanın üzerine inişe geçti. Tavşan, büyük bir çalılığın içine dalarak, kartalın pençesinden kıl payı kurtuldu. Hızını alamayan kartal, büyükçe bir kayanın üzerine kondu. Biz tavşana çok acıdık. Zöhre Abla eline aldığı taşlarla kartala doğru koştu:

— Fındık tut! Fındık tut! diye bağırdı.

Fındık, tavşanı bırakıp kartala doğru hücum etti. Kartal kanatlarını çırparak kızgın sesler çıkardı. Fındık korktuğu için, fazla ilerleyemedi. Zöhre Ablam Fındığa yaklaşınca, Fındık cesaretlendi. Zöhre Ablam koşuyor, yerden aldığı taşları kartala doğru fırlatıyordu. Kartal daha fazla direnemedi. Kanatlarını çırparak havalandı. Havada üç dört kez dolaştıktan sonra oralardan uzaklaştı. Biz de yolumuza devam ettik yine. Çok geçmeden Çobanpınarı'nın başına vardık. Bir taş oluktan ayak bileği kalınlığında akan su, köpüre köpüre taştan oyulmuş bir yalağa dökülüyordu. Zöhre Abla:

— Elini suyun içine sok da, elliye dek sayarak beklet bakayım, dedi.

İlkin anlamadım. Ben:

— Neden elimi suya sokup da bekleteyim? diye sordum.

— Su buz gibi soğuk. Elliye kadar bekletemezsin de onun için, dedi.

Elimi suya sokmamla çekmem bir oldu. İkinci kez elimi suya sokarak saymaya başladım. Ancak onbeşe dek gelebildim. Sanki damarlarım dondu... Terimiz soğumadan su içmedik. Terimiz soğuyunca, avuçlarımızı doldurup doldurup tatlı sudan içtik...

Çobanpınarı'nın yanındaki alıcın gölgesinde otururken Necati geldi yanımıza.

— Kuzular nerede? diye sordum ona.

— Biraz aşağıdaki söğütlerin gölgesinde yatıyorlar, dedi Necati.

— Neden otlamıyorlar da yatıyorlar?

— Sıcak bastırınca, kuzular otlamazlar. Ancak serinlikte otlarlar.

— Bunu da öğrenmiş oldum.

— Haydin, hemen keklik yuvasını görmeye gidelim, dedi Necati.

Fındık önde, biz arkada yürümeye başladık. Taşlık bir yere geldik. Necati eliyle işaret ederek:

— Yavaş yürüyün! Yuva, şu taşların olduğu yerde, dedi. Siz yavaş gelin. Belki keklik yuvadadır. Yuvadaysa, kekliği tutabilirim..

Necati yuvaya yaklaştı. Eliyle, "durun, Fındığı da tutun" işareti yaptı. Fındık bizim yanımızdaydı. Ona ekmek atmaya başladık. O ekmeği yiyiyor, sonra Necati'nin yanına gitmek istiyordu. Zöhre Ablam, Fındık'ı tutup bırakmadı. Gözümüzü Necati'den ayırmıyor, hep onu izliyorduk.

Necati, ayaklarının ucuna basa basa ilerledi. İleride tek başına duran bir kayanın arkasına yaklaştı. Birden bir kanat sesi ile cıvıltıyı andıran bir ses duyduk. Yuvasından fırlayan keklik uçup gitti. Fındık bir süre kekliğin peşinden koştu. Biz heyecan içinde Necati'nin yanına gittik. Kayanın otlarla kaplı alt tarafında, tası andıran bir çukur, çukurun içinde kuru otlarla, yünlerle kaplanmış bir yuva duruyordu karşımızda. Yuvanın içinde ise altı tane kahverengi benekli beyaz yumurta vardı. Ben bu küçük yumurtaların birini elime alıp okşadım. Necati:

— İstanbul Kızı, bunlar senin olsun! Yaylaya götürüp kaynatır yersiniz, dedi.

— Günahtır ben almam! Alırsam, tekrar

gelip buraya yumurtlar mı? diye sordum Necati'ye.

— Hayır, dedi Necati. Buraya bir daha yumurtlamaz. Keklik bu kez başka bir yere yuva yapar. Yuvayı yaptıktan sonra yumurtlamaya başlar. Günde bir yumurta yumurtlar. Yumurta sayısı sekiz on tane olunca da kuluçkaya yatar.

Necati'nin anlattıkları beni bir hayli etkiledi. Tekrar bir yuva kurmanın kolay olmayacağını anladım... Necati'ye:

— Bu yuvanın yumurtalarını bana verdin değil mi? diye sordum.

— Evet, dedi Necati. Sana verdim.

— Bana verdiğine göre, istediğimi yapabilir miyim?

— Yapabilirsin.

— Söz mü?

— Söz!

— Ne istersem, ona uyacak mısın.

— Senin olduğuna göre uyacağım.

— Peki öyleyse. Yuvaya hiç dokunmayalım!... Keklik, yumurtlama işini bitirsin. Kuluçkaya yatarak yavrularını çıkarsın.

— Aldattın beni İstanbul Kızı....

— Neden?

— Nedeni var mı? Yumurtaları alıp kaynatıp yeriz, diye düşünmüştüm.

— Yazık ama! Bu küçücük yumurtaları kaynatıp yiyeceğimize, tavuk yumurtaları kaynatıp yeriz daha iyi.

— Yani sen yuvaya hiç dokunmayalım mı diyorsun?

— Evet dokunmayalım, diyorum. Sen de konuş Zöhre Abla. Böyle yaparsak iyi olmaz mı?

— Çok iyi düşündün İstanbul Kızı. Necati bu yuvayı sana verdiğine göre, senin verdiğin karara da uyması gerekir. Öyle değil mi Necati?

— Sen de İstanbul Kızı'ndan yana çıktın Zöhre.

— Ben doğruyu söylüyorum.

— Peki, dediğiniz gibi olsun...

Necati'nin sözleri beni rahatlattı. Ya verdiği söze uymazsa, diye düşündüm. Hemen aklıma Necati'ye yemin ettirmek geldi. Ona:

— Ya bizim haberimiz olmadan yumurtaları alırsan ne olacak? diye sordum.

— Almam, dedi Necati.

— İnanmıyorum. Yumurtaları alırsın sen.

— Demek bana inanmıyorsun? Peki ne yapsam inanırsın?

— Yemin edersen inanırım!

— Allah canımı alsın ki, yumurtalara dokunmayacağım.

Ondan sonra yuvanın başından ayrıldık. Necati, mantarların bolca bulunduğu yeri gösterdi bize. Hemen orayu doğru yürümeye başladık. Gösterdiği yere geldik. Ben yeşil otların arasında beyaz bir şey gördüm.

— Şu beyaz şey nedir Necati? diye sordum.

— Aferin sana İstanbul Kızı! İlk mantarı sen buldun, dedi Necati.

Hemen mantarın yanına koştum. Mantarı koparmak için eğildim. Fakat koparmayı beceremedim. Şapkası elime geldi. Kök kısmı yerde kaldı. Necati gülerek alaylı bir sesle:

— İstanbul Kızı işte böyle koparır mantarı, dedi.

Bu sözler bizi de güldürdü. Biraz daha ilerleyince, mantarlar çoğalmaya başladı. Onların mantarları nasıl topladıklarına dikkat ettim. Ben de onlar gibi toplamaya başladım mantarları. Topladıklarımızı Necati'nin çoban çantasına doldurduk. Neşeli neşeli kuzuların yanına döndük.

Ben çok acıkmıştım. Açlıktan ayakta duracak halim yoktu. Onlara acıktığımı söyledim. Yavaş yavaş yürüyerek Çobanpınarı'na döndük. Annemin hazırladığı azık torbasını açtık. Zöhre Abla ile Necati de çok acıkmışlardı. Öğlen zamanı epeyce geçmişti çünkü. Yedik içtik! Yedik içtik!... Torbada ne varsa, hepsini bitirdik. Yediklerimizden Fındık'a da verdik. Yemek işi bitince, Zöhre Abla:

— Karnın iyice doydu mu, İstanbul Kızı? diye sordu.

— Yiyecek bir şeyler olsa, daha da yiyebilirim, dedim.

İkisi de bu sözlerime güldüler. Necati:

— Bu su hem çok yedirir, hem de çabuk hazmettirir, dedi.

Ondan sonra Necati'den ayrıldık. Biz yaylaya doğru yürürken, Necati kuzuların yanına döndü. Zöhre Ablayla ben, neşe içinde yaylaya geldik.

Artık çok iyiydim. Hastalık aklıma bile gelmiyordu. Yavaş yavaş zayıflıktan kurtuluyordum. Beslenmem çok güzeldi. İştahıma ise diyecek yoktu... Yaylada birçok arkadaş edinmiştim. Onlarla satlerce oynuyor, hiçbir yorgunluk duymuyordum. Bol bol çiçek topluyordum. Çiçekleri örerek taç yapmayı da öğrenmiştim, yayladaki arkadaşlarımdan. Çiçekleri saplarından örüyor, taç yaparak başıma takıyordum.

Artık hiç yorgunluk duymuyordum. Evdekiler kilo almama çok seviniyorlardı. Annem sık sık:

— Allah hepsinden razı olsun!... Elbirliği ile seni kurtardık, diyordu.

Yaylada iş yapmaya da başlamıştım. Yayık çalkalamayı öğrenmiştim mesela. Bazen yayık çalkalıyor, bazen de küçük bakraçlarla su getiriyordum çeşmeden.

Yaylaya geleli iki hafta olmuştu. Müthiş bir sıcak vardı o gün. Hepimiz bunalmıştım sıcaktan. Hiç böyle sıcak olmamıştı şimdiye kadar. Zöhre Abla'ya, dayımla yaylaya gelirken gördüğümüz karı hatırlattım:

— Gidip biraz kar yiyelim, biraz da eve getirelim, dedim.

Zöhre Abla:

— Annengilden izin al da gidelim, dedi.

Anneme söyledim. O da dedemle anneanneme söyledi. Dedem:

— Oralarda yol bile yok. Sizi yalnız göndermem. Karın olduğu yere inerken ayağınız kayar düşersiniz, dedi.

— Dedeciğim, bize bir şey olmaz. Ne olursun izin ver de gidip gelelim, dedim ben.

— Olmaz, dedi.

— Ama benim canım kar yemek istiyor,

dedim.

— Öyleyse birlikte gidelim, dedi dedem. Dedemin sözlerine çok sevindim. Boynuna sarılarak yanaklarından öptüm. O da beni öperek yanaklarımı okşadı.

Üçümüz birlikte yola çıktık. Kapıda Fındık bizi yakaladı. O da katıldı bize. Ardıçların aralarından geçerek, karın bulunduğu dere yamacının üst tarafına geldik. Yamaç çok dikti. Karın bulunduğu yere inmemiz çok tehlikeliydi. Karın yanına zorluk çekmeden gitmek için onbeş yirmi dakikalık bir yolu yürümemiz gerekiyordu... Dedem:

— İstanbul Kızı, buradan karın yanına inebilir misin? diye sordu.

— Hayır, inemem dede, dedim.

— Biz de inemeyiz, dedi dedem. Şimdi Zöhre doğru söyle bakayım. Ben yanınızda olmasam, buradan inerdiniz değil mi?

— Evet dedi Zöhre. Buradan inerdik.

— Buradan inerken ayağınız kaysa, ne yapardınız?...

— Aşağıdaki dereye dek yuvarlanırdık!

— O zaman ne olurdu?

— Başımız, gözümüz parça parça olurdu...

— İşte ben, bunun için sizi yalnız göndermedim. Biraz gecikerek oraya varmamızın hiçbir zararı olmaz. Biraz gecikmiş oluruz, hepsi o kadar. Geç olsun, temiz olsun. İlerideki tepeciğin eteğinden dolanarak gidelim karın yanına. Orayı dolanırsak yorulur musun İstanbul Kızı?...

— Hayır dede, yorulmam dedim. İyi ki bize izin vermedin. Verseydin, kötü bir durumla karşılaşabilirdik.

— Zöhre, bu duruma sen ne diyorsun?

— Çok haklıymışsın dede. Biz senin söylediğin yerden gitmeyi düşünemezdik.

Dedemin gösterdiği tepeciğe doğru yürümeye başladık. Yürüdüğümüz yerlerde yol namına bir şey yoktu. Taşlarla, çalılarla, otlarla kaplanmış yerlerdi hep. Fındık hep önden gidiyordu. Yerleri koklayarak, sağa sola koşuyordu. Yürümemiz kolay olmuyordu pek. Benim bacaklarımın açık yerlerini dikenler çiziyor, çizilen yerler sızlıyordu. Belki dedem bana kızar diye sesimi çıkarmıyordum. Bir ara Fındık sol tarafa doğru koştu. Tepeciğin öbür yüzüne geçip gözden kayboldu. Az sonra üstüste havlamaya başladı.

Koşar adımlarla havladığı yere doğru ilerledik. Tepeciği aşınca, Fındık'ın biraz ileride, iri ve kediye benzeyen bir hayvana havladığını gördük. Ben heyecanla:

— O, ne dede? diye sordum.

— Bir yaban kedisi, dedi dedem.

Fındık bizi görünce cesaretlendi. Durduğu yerde havlamayı bırakarak, hızla yaban kedisine hücum etti. Kedinin yanına yanına yaklaştı. Kedi, belini kamburlaştırarak Fındık'ın üzerine atıldı. Fındık, acı sesler çıkararak yanımıza doğru kaçmaya başladı. Yaban kedisi de yandaki kayalara doğru kaçarak, kayaların arasında kayboldu.

Kedi pençesiyle Fındık'ın sağ gözünün alt tarafıyla burnunun üzerini parçalamıştı. Yaralanan yerlerden kan akıyordu. Üçümüz de Fındık'ın düştüğü duruma çok üzüldük...

Tepenin eteğini dolanarak yorgun argın karın bulunduğu yere geldik. Kar yarı yarıya azalmıştı. Dedem:

— Beni yordunuz kızlar, diyerek bir taşın üzerine oturdu. Biz de yanındaki taşların üzerine oturduk. Üçümüz de ter içinde kalmıştık. Karın bulunduğu yer tam karşımıza geliyordu. Güneşin altındaki kar, pırıl pırıl parlıyordu. "Ne duruyorsunuz? Haydin gelip benden yiyin!" der gibi bir görüntüsü vardı.

Biraz dinlendikten sonra karın yanına gittik. Kar tabakasının altından şırıl şırıl sular akıyordu. Karın bitip toprağın başladığı yerlerde, beyaz kardelen çiçekleri açmıştı. Karın eridiği biraz aşağılarda, koyu ve açık renkli sümbüller; biraz daha ötede çeşitli renklerdeki nevruzlar; kar tabakasının üst tarafında kalan taşlık yerlerde ise, kırmızı laleler vardı. Çiçekler sanki bize gülümsüyorlardı... Bu çiçeklerin güzelliklerine doyamadım. Onlardan toplayıp bir demet yaparak anneme götürmek istedim. İstedim, ama koparmaya kıyamadım...

Kar tabakasının yüzeyi buzlu olduğu için sertti. Temiz de değildi. Kar yiyebilmemiz için, dedem elindeki sopayla karın yüzeyindeki sertleşmiş tabakayı sıyırdı. Alttan temiz kar çıktı. Alttan çıkan kardan avuçlayarak hem bana, hem de Zöhre Ablama verdi dedem. Kendisi de avuçladığı kardan yemeye başladı. Terimiz soğuduğu için, kar yememizin bir sakıncası yoktu. Bol bol kar yemeye başladık.

Ben hem kar yiyiyor, hem de gözlerimi çiçeklerden ayıramıyordum. Çiçekler, kardan daha cazip geliyordu bana. Daha fazla dayanamadım:

— Dede, ben bu çiçekleri çok sevdim. Toplamak istiyorum ama, koparmaya kıyamıyorum. Ne dersin bana? diye sordum dedeme.

— Sen bilirsin İstanbul Kızı. Nasıl istersen öyle yap.

Kararsızdım... Bir türlü karar veremiyordum. Şu güzel görüntülerini yok etmeye içim razı değildi. Onları koparınca, çok geçmeden solmaya başlayacaklardı. Onları soldurmaya benim ne hakkım var, diye düşündüm...

— Haydi bekleme, kararını ver, dedi dedem.

— Dede, onları koparırsam, çok geçmeden solacaklar. Hiçbirisinin solmasını istemem! Yerlerinde kalsınlar, yaşayabildiklerince yaşasınlar, dedim.

Sonra Zöhre Abla'ya döndüm:

— Zöhre Abla sen ne diyorsun? diye sordum.

— Ben karışmam, dedi Zöhre Abla. Senin konuşmandan sonra, ben de acımaya başladım çiçeklere. Şu anda bir tanesini bile koparamam!...

— Tamam, kararımı verdim. Koparmayacağım çiçekleri, dedim.

Dedem gülerek:

— Verdiğin kararı beğendim İstanbul Kızı, dedi.

Biraz daha kar yedik. Bu sırada dedem bir şeyle uğraşıyordu. Elindeki sopayla, orta büyüklükte, yuvarlak, küçük bir tepsiyi andıran bir kar parçasının çevresini oydu. Daha sonra, karın üzerine tuz serpti. Ben:

— Karın üzerine niçin tuz serpiyorsun dede? diye sordum.

— Tuz, karın erimesini engeller de onun için kızım, dedi dedem.

Dedem, çevresini oyduğu kar parçasının altını oydu. Sonra sopayı kar parçasının tam ortasından geçirdi. Sopayı yatırır gibi yaptı. Böylece oyulan kar parçası, kar tabakasından koptu.

Ben oranın güzelliklerine doyamamıştım... İnsanı yakan güneş sıcağının altında kalmaya razıydım. Dedem:

— Haydin bakalım, hemen gidiyoruz. Bu güneş insanı hasta eder. Geldiğimiz yerlerden, yavaş yavaş geri dönelim, dedi.

— Dede, biraz daha dursak olmaz mı? diye sordum.

— Olmaz, dedi dedem.

Yaylaya götüreceğimiz karın ortasından geçirdiği sopanın, bir ucundan dedem tuttu. Diğer ucundan da Zöhre Ablam. Onlar yürüyünce, ben de onları izlemek zorunda kaldım.

Geri dönüp bu güzelliklere bir daha baktım. Elimi dudaklarıma götürerek, çiçeklerin tümüne birden bir öpücük kondurdum. Sonra dedemleri takip etmeye başladım...

Yaylada günlerim çok güzel geçiyordu. Yayladaki herkes; yalnız çocuklar değil, büyükler de beni çok seviyorlardı. Herkes; "İstanbul Kızı nasılsın?", "İstanbul Kızı canın ne istiyor?", "İstanbul Kızı iyi ye!..." gibi sözler söylüyorlardı. Beni sevmeleri çok hoşuma gidiyordu. Benim konuşmalarım da onların hoşuna gidiyordu. Bana: "İstanbul Kızı, çok tatlı bir dilin var!" diyorlardı...

Yayladaki günlerimiz, çoğunlukla sevinçli, seyrek olsa da bazen üzüntülü geçiyordu. Sevinci de, üzüntüyü de, yayladakilerin tümü birlikte yaşıyorlardı.

Yayladaki her evin beşer, onar tavuğu vardı. Tavukların yanında bir ya da iki horoz da bulunuyordu. Bazı günler, horoz dövüştürüyor, heyecan içinde dövüşen horozları izliyorduk. Bazı horozlar birbirlerini dövemiyor, ibrikleri kan içinde kalıyordu. Onları tutarak birbirlerinden ayırıyorlardı...

Bir gün, bir tilki, yaylanın en üst tarafında bulunan bir evin çok güzel bir horozunu kaçırmıştı. Horoza acımayan kalmamıştı... Tüm yayla halkı, tilkiyi yakalamak için seferber olmuştu. Dedem, tüfeği elinde tilkiyi aramış, ama bir türlü bulamamıştı.

Horozun kaçırılışından iki gün sonraydı... Geceleyin acı çığlıklarla uyandık. İnsan sesleriyle köpek havlamaları birbirlerine karışıyordu. Çığlıklar, yaylanın en alt tarafındaki evden geliyordu. Üstünü giyen o eve koşuyordu. Ben de aceleyle giyinip oraya doğru koştum. Gökte ay olduğu için her taraf aydınlıktı. Evin yaşlı kadını, iki eliyle iki dizine vurarak:

— Sansar beş tavuğumu boğazladı, diye çığlıklar atıyordu!...

— O sansar değildir, tilkidir diyenlere:

— Sansardı. Gözlerimle gördüm, diyordu.

Sansar veya tilki, her neyse, dört tavuğun ölüsünü bırakmış, birini de alıp kaçırmıştı. Kapının önünde dört tavuk karlar içinde cansız yatıyordu. Kalabalığın içinden birisi:

— Sen beş tavuk diyordun. Burada dört tavuk var. Birisi nerede? diye sordu.

Yaşlı kadın:

— Onu da alıp götürdü, dedi.

Olayın nasıl olduğunu soranlara, şunları

anlattı:

— Uykudan tavukların çığlıklarıyla uyandım. Hemen entarimi giyip kümese koştum. Kümesin kapısı açıktı. İçeriden gelen bir tavuk çığlığının, bir hırıltıyla kesildiğini duydum. Önce içeride bir tilki var zannettim. Sesimin çıktığı değin köpeklere seslendim. Kediden epeyce büyük, siyah bir şeyin ağzında bir tavukla içeriden fırladığını gördüm. Tavuğu zorlukla taşıyordu. Tavuğu öldürdüğü için, tavuk çırpınmıyordu. Arkasından bağırarak koştum. Bir taşa takılıp yere düştüm. Ben yerden kalkıp arkasına düşene dek, gözden kayboldu. Bir horozla iki tavuğum kurtuldu sadece. Onlar da, açık kalan kapıdan dışarı kaçtıkları için kurtulmuşlar...

Hepimiz Hacer Ninenin durumuna çok üzüldük. Büyükler onu teselli ettiler. Horoz ile iki tavuğu kümese kapatıp, kapının çengelini taktılar. Sonra herkes kendi evine döndü.

Sansar tekrar gelir diye, ellerinde tüfeklerle üç dört gece bekleyenler oldu. Sansar bir daha görünmedi. Bu olay da yavaş yavaş unutuldu...

Ağustos ayının ortalarından itibaren yaylanın görüntüsü değişmeye başladı. Otlar ve çiçekler kurumaya başladılar. Babam bu ay içinde, izin alıp köye gelecekti. Gelmesini dört gözle bekliyorduk. Ne yazık ki gelemedi. Ondan aldığımız bir mektupta; patronunun hastalanarak ameliyat olduğunu, bunun için de şu anda işi bırakamayacağı için gelemeyeceğini yazıyordu.

Artık yayladan dönme zamanı gelmişti. Herkes dönüş hazırlıklarına başladı. Ağustosun yirmisinde, dayım, at ve eşekle geldi. Bizi köye götürecekti. Köyde meyve ve sebzelerin olgunlaştığı haberi gelmişti yaylaya. Bundan sonra köyde daha iyi besleneceğim düşünülmüştü...

Yayladaki büyük küçük herkes, bizi yolcu etmek için toplandılar. Sabahleyin, annem büyüklerden, ben de edindiğim arkadaşlarımdan ayrılırken, gözyaşlarımızı tutamadık. Yalnız biz değildik ağlayan... Bizi yolcu edenler de ağlıyorlardı. Arkadaşlarım hıçkırarak ağlarlarken:

— Keşkem seni hiç tanımasaydık, diyorlardı!...

Gözden kayboluncaya dek, dönüp dönüp el salladım yayladakilere. Fındık benden bir türlü ayrılamadı. Yayla yokuşunun başına dek bizimle geldi. Ben başını okşayarak:

— Haydi, artık yaylaya dön, dedim.

Söylediğimi anlamış gibi, iki arka ayağının üzerine oturdu, beklemeye başladı. Biz yokuştan aşağı inerken, köye döndüğümüzü anladı. Ayağa kalktı. Havlaya havlaya yaylaya doğru koştu.

Yokuş aşağı iniyorduk şimdi. Yokuşun dibine geldiğimizde annemle ben ata bindik. Bir daha da dönüp geri bakmadım. Baksam da bir şey göremezdim. Yol hiç iyi değildi. Dikkat etmezsek attan düşebilirdik...

Yılanın vurulduğu yerden geçerken:

— Dayı, önümüze başka bir yılan çıkabilir mi? diye sordum.

Dayım gülerek:

— Ne o İstanbul Kızı? Yine korkmaya başladın. Hiç korkma, yaylaya gidip gelenler hiç yılana rastlamıyorlar artık, dedi.

Köye dönüşümüz kolay oluyordu. Gelişimiz daha zor olmuştu. Köyün üst tarafındaki tepeye gelince, köy önümüze serildi. O yemyeşil manzaranın yerini, olgunlaşarak beyazlaşan arpa tarlaları ile sararan ekin tarlaları almıştı. Yalnız bostanlarla yoncalar yeşil gözüküyorlardı. Yakıcı güneş altında geldiğimiz için, iyice yorulmuştuk. Yorgunlukla susuzluğumuzu Tatlıpınar'ın soğuk suyuyla yapılan ayranla gidermeye çalıştık.

Artık çok neşeliydim. Dur, otur bilmiyordum. Beni görenler hayretler içinde:

— Yayla sana çok yaramış. Ne güzel tombullaşmışsın, diyorlardı.

Bu sözler çok hoşuma gidiyordu.

Hemen hemen her gün, Eskibahçe'ye, oradan Yenibahçe'ye, oradan da bostana gidiyordum. Bostanla meyveleri dolu vurduğu için, çok verimli değillerdi. Artık köyde hiç acemilik çekmiyordum. Gidişlerim bazen annemle, bazen de yalnız oluyordu. Köpeklerden de eskisi kadar korkmuyordum. Bahçelere, bostana giderken elime ekmek alıyordum. Bir köpekle karşılaşınca, ona ekmek atıyordum...

Köyde beni tanımayan kalmamıştı. Karşılaştıklarım büyükler:

— Nasılsın İstanbul Kızı? diye halimi hatırımı soruyorlardı.

— Merhaba İstanbul Kızı! diyorlardı gençler.

Yaşıtlarım da hep benimle oynamak istiyorlardı.

Artık yakın tarlalardan, eşeğe yüklenerek bağlanan buğday, arpa demetleriyle, yonca da taşıyabiliyordum. Bazen de harmanda döven sürüyordum. Döven sürmek sıkıcı geliyordu bana. Ben daha çok hareketli işlerden hoşlanıyordum.

Bir gün yine döven sürüyordum. Dövenin üzerine koyduğum iskemleye oturmuş, öküzleri yönetiyordum. Hava çok sıcaktı. Durmadan dönmeke olan dövenin üzerinde uykum gelmeye başladı. Uykunun etkisiyle, iskemleden dövenin kenarına, oradan da sapların üzerine yuvarlandım. Korkuyla düştüğüm yerden fırlamasam, döven ayaklarımın üzerinden geçecek, dövenin altındaki çakmak taşları ayaklarımı, bacaklarımı parçalayacaktı... Öküzleri durdurdum. Elimdeki üvendireyi dövenin üzerine atarak eve koştum. Annem evde yemek pişiriyordu. Beni korku ve heyecan içinde görünce şaşırdı:

— Ne bu halin İstanbul Kızı? diye sordu.

Anneme olayı anlatarak, çok korktuğumu ve bir daha döven sürmek istemediğimi söyledim. Annem:

— Ya dayın kızarsa, dedi.

— Kızsa da döven sürmem! Eşekle sap çekerim, dedim anneme.

O anda dayım girdi içeri:

— Ne o İstanbul Kızı, döven sürmekten bıktın mı? diye ordu.

Ben cevap vermeyince:

— Neden konuşmuyorsun? Konuşsana, dedi.

Annem, dövenden düştüğümü anlattı dayıma. Annemi dinleyen dayım gülerek:

— İstanbul Kızı, eşekle tarladan sap çekmek istiyor, öyle mi? Tabii, neden olmasın, dedi. İstanbul Kızı eşekle sap taşısın. Nuriye de onun yerine döven sürsün, dedi. Sap çekmekten de bıkarsa, gidip bahçelerde gezsin.

Böylece Nuriye ile işimizi değiştirdik. Eşekle sap taşıma işi, hareketli olduğu için hoşuma gidiyordu. Sapı köyün yakınındaki "Kapıönü" tarlasından çekiyordum. Biçilen ekinler, başakları bir tarafa, kökleri öbür tarafa getirilerek büyük desteler halinde bağlanıyor, sonra eşeklere yükleniyordu. Ekin bağları epey ağır olduğu için, eşeğin taşıması kolay olmuyordu. Yükü ağır olan eşek iniltili sesler çıkarıyordu. İşte o zaman eşeğe acıyordum.

Yüklü eşeği harmana getirip yükünü yıktıktan sonra, semerin üzerine binerek eşeği tarlaya götürüyordum yine.

İki gün sap taşıma işini sürdürdüm. Üçüncü günü öğlen sıralarıydı... Eşekle tarlaya gidip gelirken, içinde su bulunmayan derin ve geniş bir arktan geçiyordum. O gün de, harmana sap götürüyordum yine. Eşek arkı geçerken, ön ayaklarından biri, bir yere takılmış olacak ki, sendeledi. Ben bu sırada hızlıca hareket ederek, kendimi eşeğin üstünden yana attım. Üstüm başım biraz toz olmuştu, ama bir şeyim yoktu. Eşek ise, kendini toparlayamayarak arkın öbür tarafına, başının üzerine yıkılıverdi. Eşeğin arka ayakları yukarıda, boşlukta kaldı. Baş tarafı hiç gözükmüyordu. Eşek ölecek, diye çok korktum. Sesimin çıktığı kadar, "İmdaat!" diye bağırmaya başladım. Yakın tarlalarda ekin biçen iki adam, sesimi duyunca koşup geldiler. Çabucak sapların bağlandığı kalın ipleri çözüp, bağları kenara aldılar. Eşeğin ön ayakları gerili kalmıştı. Yük sırtından kalkınca, ayaklarını topladı. Gelenler, eşeğin kuyruğundan tutarak ayağa kaldırmak istediler. Eşek kalkmadı. İniltili sesler çıkarması beni korkutuyordu. Başını yere koyup dört ayağını uzatıverdi. Adamlar:

— Eşek ölecek mi yoksa? dediler.

Bu sözleri duyunca, ben ağlamaya başladım. Beni teselli etmeye çalıştılar. O sözü söylediklerine pişman oldular. Biri, semeri eşeğe bağlayan kolanı çözdü. Sonra da semeri eşeğin sırtından çıkarıp bir kenara bıraktı. Eşek, uzanmış, hareketsiz yatıyordu. Bana:

— Sen hiç korkma İstanbul Kızı! Eşek birazdan dinlenince ayağa kalkar. Biz şimdi tarlada ekin biçen Süleyman Dayını buraya çağırırız. Sen hiç korkmadan burada bekle! diyerek yanımdan ayrıldılar.

Gözlerimi eşeten ayıramıyordum. Bir taşın üzerine oturup gözlerimi sildim. Eşek arada bir gözlerini açıyor, solgun bakışlarla etrafına bakınıyordu. Çok geçmeden Süleyman Dayım geldi. Ben eşeğin nasıl düştüğünü üzüntülü bir şekilde ona anlattım. Dayım:

— Korkma güzelim. Bunda korkulacak bir şey yok, dedi.

— Ya eşek ölürse? diye sordum ona.

— Sen hiç üzülme! Bir şey olmaz. Sen burada dur. Ben atın semerini vurup getireyim de, bu sapları ata yükleyip götürelim, dedi.

Eşeğin uyur gibi bir hali vardı. Ben eşeğin bu duruma girmesine çok üzülüyordum...

Biraz sonra dayım atı getirdi. Ben atın yularından tuttum. Dayım bağlı sapları ata yükledi. Sonra bana:

— Atın yularını çeke çeke harmana götürebilir misin? diye sordu.

Ben üzüntülü bir sesle:

— Korkuyorum, götüremem, dedim.

— Öyleyse sen eşeğin yanında dur. Ben çabucak götürüp geleyim, dedi dayım.

— Olur, dedim.

Dayım atı önüne katarak, harmana götürdü.

Aradan epeyce zaman geçti. Eşek başını kaldırıp çevresine bakındı. Sonra ayaklarını karnının altına doğru topladı. Normal yatış durumuna geçince, çok sevindim. Gidip başını, uzun kulaklarını okşadım. Birden ön ayaklarını uzatarak ayağa kalktı. Ellerimi çırparak: "Yaşasın!" diye bağırdım. Ayağa kalkan eşek, az sonra otlamaya başladı. Dayım karşıdan çıkar çıkmaz:

— Dayı, eşek iyileşip ayağa kalktı, diye bağırdım.

Dayım yanımıza geldi. Eşeğin semerini sırtına yerleştirdi:

— Şimdi sen eşeği önüne katarak eve götür, dedi. Bugün akşama dek dinlensin.

Bu olaydan sonra sap taşımayı da bıraktım. Günlerimi bahçelerde, bostanda geçirmeye başladım. İş zamanı olduğu için, arkadaş sıkıntısı çekiyordum.

Sıhhatim çok iyiydi. Hiçbir şikâyetim yoktu. Hiç anmak istemediğim o kötü günler geride kalmıştı. Bir tek babamın hasretliği vardı. Yakında ona da kavuşacaktım. Böylece Ağustos ayının sonuna yaklaştık. Eylül ayının yirmisinde İstanbul'da olmamız gerekiyordu. Çünkü artık okullar açılacaktı...

Eylül ayının bitiminde, köyde bir sünnet düğünü olacakmış. Bir gün dayım bana:

— Köy düğünü görmek ister misin İstanbul Kızı? diye sordu.

— İsterim dayı, dedim.

— İş zamanı düğün olur mu? diyerek söze karıştı annem.

— Siz isterseniz düğünü onbeş gün önceye aldırabilirim, dedi dayım. İstanbul Kızı, köy düğünü görmeden giderse olmaz.

— İş zamanında düğün yapmak olur mu hiç? dedi annem.

— Neden olmasın? dedim. Sen köy düğününü özlemedin mi?

— Özlemez olur muyum? Elbette özledim, dedi annem.

— İstanbul Kızı gelmişken, bir de köy düğünü görse, fena mı olur? dedi dayım.

— Teşekkür ederim dayıcığım, dedim.

Dayım bir gün sonra, düğün sahibiyle görüştüğünü, düğünü onbeş gün önceye aldırdığını söyledi bize. Bu habere çok sevindim. Sevincimden zıplayarak:

— Yaşa dayı! diye haykırdım.

Düğün ayın onbeşinde olacak, biz onaltısında köyden ayrılacaktık...

Sayılı günler çabuk geçer derler ya, düğün günü de çabucak geldi.

O gün, davul-zurna sesiyle uyandım. Sevinçle yataktan fırladım. Yıkanıp kahvaltımı yaptım. O gün bütün köylüler işe gitmemişlerdi. Yayladan gelenler de erkenden gelmişlerdi...

Büyük küçük, kadın erkek; herkes en güzel giysilerini giyinip düğün evinin damında toplandılar. Hem bana, hem de anneme üçpeşli kutnu entari giydirdiler. Belime kuşak, başıma yazma bağladılar. Annemin başına fes giydirdiler. Fesin etrafına püsküllü, sarı kırmızılı poşu bağladılar.

Annemle elele tutarak, davul-zurnanın çalındığı, gençlerin halay çektiği damın üstüne doğru yürümeye başladık. Muharrem Dayım da düğün alanındaydı. Bizim oraya doğru geldiğimizi görünce, zurnacının kulağına bir şeyler söyledi. Davulcuyla zurnacı, davul ve zurnalarını çalarak bize doğru gelmeye başladılar. Ben:

— Bunlar nereye gidiyorlar anne? diye sordum.

— Bizi karşılamaya geliyorlar, dedi annem.

— Her geleni böyle davul, zurnayla mı karşılarlar?

— Hayır İstanbul Kızı! Daha çok çevre köylerden gelen konukları böyle karşılarlar.

— Biz şimdi köyün içindeyiz ama...

— Biz de köye konuk geldiğimiz için böyle karşılıyorlar.

Biz bunları konuşurken, davulcu ile zurnacı yanımıza ulaştılar. Çalgılarını coşkulu bir şekilde çalmaya başladılar. Annem durup çantasından para çıkardı. Parayı bana vererek davulcuya vermemi söyledi. Ben de söylediği gibi yaptım. Düğün sahibi ihtiyar bir dede, çalgıcılarla bizi karşılamaya gelmişti. Bize:

— Hoşgeldiniz. Düğünümüze şeref verdiniz, dedi!...

— Hoşbulduk. Düğününüz hayırlı, uğurlu olsun, dedi annem.

Düğün alanındaki tüm çocuklarla akrabalar, samimi konuştuğumuz kimseler çevremizi sardılar... Dayım da gelenlerin arasındaydı. Davul, zurna önde, bizler arkada düğün alanına gittik. Davulcuyla zurnacı bizi karşılamak için geldiklerinde, oyuna ara veren oyuncular, yeniden oynamaya başladılar.

Herkes benimle ilgileniyordu. Bazıları:

— İstanbul Kızı, köylü kızı olmuş. Köy giysisi ne güzel yakışmış buna, İstanbul Kızını bir daha köyden bırakmayalım, Tam bir köy kızı olmuş, Allah annesine babasına bağışlasın, Melek gibi bir kız!... diyorlardı.

Benim için söylenen her söz, çok hoşuma gidiyordu. Güleç çehrem, şen şakrak sesimle onlara teşekkür ediyordum.

Çok geçmeden oyuna kadınlarla erkekler de girmeye başladılar. Annemle benim de kolumdan tutarak halaya soktular. Annem hemen uyum sağladı oynayanlara. Ben önce biraz bocaladıysam da, sonra yavaş yavaş uyum sağladım oynayanlara. Damın üzerinde tam bir uyum içinde oynayan büyük bir halka oluşmuştu. Herkes şendi, neşeliydi... Halayın başını çekenlerin bazıları, zurnacının alnına para yapıştırıyorlardı. Başta oynayanların zaman zaman değişmesi zurnacının hoşuna gidiyordu... Bir ara düğün sahibi ihtiyar amca bizim yanımıza geldi. Annemin kolundan tutarak oyunun başına geçirdi. Ben, annem baş çekmeyi beceremez, diye düşündüm. Hemen yanıldığımı anladım. Annem çok güzel baş çekiyor, sağ elindeki mendili sallayıp duruyordu. Çok geçmeden Muharrem Dayım yanıma geldi. Kolumdan tutarak zurnacının karşısına götürdü. Cebinden çıkardığı kâğıt parayı bana vererek, zurnacının alnına yapıştırmamı söyledi. Ben de herkesin yaptığı gibi, parayı zurnacının alnı ile kasketinin arasına sıkıştırdım. Dayım yine kolumdan tuttu. Başta oynayan annemin elinden tutarak oyuna girdik. Ben ikisinin ortasında oynuyordum. Sonra Süleyman Dayımı çağırdık. O da gelip annemle benim arama girdi. Bizi böyle görenler: "Yaşayın! Varolun!" sözleriyle alkışladılar bizi.

Allahım bu ne büyük bir mutluluktu... O anda babamı anımsadım. İçimden, "Keşke babam da olsaydı burada, o da bizimle oynasaydı!" diye geçirdim. Sonra da köye ilk gelişimle bu günü karşılaştırdım:

O gün adım atamaz durumdaydım. Şimdi ise şen şakrak sıçrayıp duruyordum. Bundan daha büyük mutluluk olamazdı benim için. Sevinçten, mutluluktan gözlerim yaşardı... Yanaklarımdan aşağı sevinç gözyaşları sızmaya başladı. Süleyman Dayım hemen farkına vardı bunun. Kulağıma eğilerek:

— Niçin ağlıyorsun? diye sordu.

Neşeli bir durum takındım:

— Mutluluktan Süleyman dayıcığım, dedim.

Dayım kolumdan tutup beni başa geçirdi. İlkin çok heyecanlandım. Okulda folklor çalışmalarına katıldığım için, bir iki yanlış adım attıktan sonra, oynayanlara bakarak ayaklarımı düzelttim. Çok neşeliydim... Oyun oynayanlardan ileri çıkanlar oluyor, bana göstererek, "Şerefine!" deyip zurnacının alnına para yapıştırıyorlardı. Çok geçmeden zurnacının alnı paralarla doldu. Zurnacı, sağ eliyle zurnasını çalmaya çalışırken, sol eliyle alnındaki paraları alarak cebine koyuyordu...

Epey bir süre halayın başını ben çektim. Kimse gelip elimden mendili alarak başa geçmek istemiyordu. Bu bana karşı gösterdikleri sevgidendi...

Annem durmadan bana bakıyordu. Bakışlarıyla fazla yorulmamamı istediğini anlıyordum. Annemi üzmemek için, Süleyman Dayımın kulağına, başa geçmesini söyledim. Dayım zurnacının alnına para yapıştırdıktan sonra, elimden mendili aldı ve başa geçti. Üç dört kez döndükten sonra, annemle ben oyundan çıktık. Çıkar çıkmaz annem:

— Çok yoruldum İstanbul Kızı, dedi.

Ben gülümseyerek:

— Sen hiç merak etme! Ben hiç yorulmadım. Çok da mutluyum anne, dedim. Sakın aklına kötü bir şey getirme!... Ne denli iyi olmamı istiyorsan, o denli iyiyim...

Bu sözler annemi çok mutlu etti. O mutlulukla:

— Allahıma şükürler olsun! İstanbul'a sapasağlam döneceksin, diyerek yanaklarımdan öptü.

Daha sonra da üç kez oyuna girip çıktım. Köyde, davul-zurna eşliğinde oynanan oyunların çoğunu öğrendim. En güzel de "semah" oynamayı öğrendim.

Böylece yaşantım boyunca hiç unutamayacağım, çok güzel bir gün geçirdim...

Bana kalsa, daha da oynayacaktım. Annem bırakmadı. Ben de onu kırmak istemedim.

Akşam yaklaşmıştı. Davul-zurna çalıyor, oyunlar oynanıyordu. Annemle ben, gidip düğün sahibine teşekkür ettik. Sonra da sünnet olan çocuğun yanına giderek "geçmiş olsun!" dedik. Annem çantasından çıkardığı parayı çocuğa uzatırken:

— Bunu al da, harçlık yap, dedi.

Çocuk teşekkür ederek parayı aldı. Biz de eve döndük.

Annem İstanbul hazırlıklarını tamamladı. İki gün önce yaylaya "Allahaısmarladık" demeye gitmiştik. Düğünden bir gün önce, dayım, geldiğimiz minibüsün sahibine haber göndermişti. Minibüsçüye iki gün sonra gelip, sabahleyin bizi alması için haber iletmişti...

O gece deliksiz bir uyku uyudum. Bu, az da olsa yorulmamın bir sonucuydu. Annem sabahleyin uyandırmasa, daha da uyuyacaktım. Aceleyle yıkanıp bir şeyler atıştırdık. Aşağıya indiğimde minibüsün gelmiş olduğunu gördüm.

Minibüsün çevresi bir hayli kalabalıktı. Hısım, akraba ve komşular bizi yolcu etmek için toplanmıştı...

Eşyalar minibüse yüklendi. Annemle birlikte, oraya toplananların hepsiyle gözyaşları içinde vedalaştık. Muharrem Dayım da bizimle gelecekti kasabaya. Bizi trene o bindirecekti. Minibüste yerimizi aldık. Ben bu ayrılığa dayanamıyor, hıçkırıklarla ağlıyordum...

Minibüs hareket etti. Arkadan:

— Yine gel İstanbul Kızı, yine gel! diyen sesler duyuluyordu.

Yolda, köye uyuyarak gelişimle, sağlıklı dönüşümü karşılaştırdım. Çok büyük bir fark vardı, o günle bugün arasında. Çok çok mutluydum şimdi...